目次

※この作品は竹書房文庫のために
書き下ろされたものです。

第一章　山村の色事師

1

二月下旬のとある日、沢木祐二《さわきゆうじ》は東北新幹線はやぶさに乗り、車窓を流れる景色を眺めていた。

予定していなかった帰省だった。

祐二は二十歳《はたち》の大学生だ。東京でひとり暮らしをしながら大学に通っていた。彼女もおらず、この春休みは東京でアルバイトをするつもりだった。ところが、急遽、田舎《いなか》の兄から戻ってくるように連絡があった。

実家は神社だ。父親はすでに隠居しており、兄の章一《しょういち》が宮司《ぐうじ》になって二年目を迎えていた。

宮司を引き継いだ当初は大変だったが、最近ようやく仕事に慣れてきたという話だった。しかし、三日前に兄は事故で足を骨折してしまった。現在はギプスをつけて松葉杖をついており、全治三週間だという。

大学がちょうど春休みということもあり、兄の怪我が治るまでの間だけ、祐二は神社の手伝いをするように言われたのだ。

兄は十歳も年上の三十歳で、昔から優等生だった。きっと神社の跡取りという自覚があったのだろう、まじめを絵に描いたような性格だ。そんな兄に言われたら断れるはずもなかった。

そういう事情で帰省することになったが、ついため息が漏《も》れてしまう。

正直、複雑な気持ちだった。実家には正月に帰ったばかりだ。次に帰省するのはお盆のつもりでいた。実家が嫌いなわけではないが、東京でのアルバイトの収入がなくなるのは痛かった。

そもそも、宮司である兄の代わりが、自分に務まるとは思えない。祐二にできることなど、せいぜい雑用くらいだろう。詳しいことは戻ってから説明すると言われたが、まったく気乗りしなかった。

しかし、神社の家に生まれたのだから仕方ないと思ってあきらめた。兄が動けないのなら手伝うしかなかった。

新幹線から在来線に乗り換えると、一時間ほど揺られて最寄り駅に到着する。そこから、さらに路線バスに乗り、岩手県と秋田県の県境近くにある小さな村のバス停で下車した。

（やっぱり、こっちは寒いな）

正月以来の生まれ故郷だ。田んぼの上を吹き抜けてきた風が思いのほか冷たく、祐二は思わずブルゾンの肩をすくめた。

時刻はまだ午後四時すぎだが、人の往来はほとんどない。バス停の周囲は田畑に囲まれており、少し離れたところに民家が点在していた。ビルなどひとつもない、長閑《のどか》な田舎の村だった。

渋々帰省したが、この景色を目にすると心が落ち着く。なにしろ、高校を卒業するまで育った村だ。東京の華《はな》やかさも魅力だが、やはり田舎ののんびりした雰囲気にほっとした。

田んぼの間の道路を歩いていくと、徐々に民家が増えてくる。とはいえ、空き地も多く、家と家の間は離れていた。このあたりになると、散歩している老人をちらほら見かけるようになった。

やがて村で唯一のスーパーが見えてくる。食材を買うならここしかない。ここで手に入らない物は、バスか車で隣町に行くしかなかった。

「あっ……」

スーパーの前を通過したとき、小さな声が聞こえた。

聞き覚えのある女性の声だ。反射的に振り返ると、そこには幼なじみの吉野夏希《よしのなつき》が立っていた。

「ゆうちゃん、帰ってきたんだ」

人懐っこい笑みを浮かべて、夏希が駆け寄ってくる。スーパーで買い物をしたらしく、買い物袋をぶらさげていた。

「よう、なっちゃん」

祐二は胸の高鳴りを感じながらも、平静を装って軽く手をあげた。

正月に帰省したときも会っているが、相変わらずかわいらしい。セミロングの黒髪をなびかせて、キラキラ光る瞳を向けてきた。

この日の夏希はデニムのミニスカートに白いスニーカーを履いている。赤いハイネックのセーターの上には、白いダウンベストを着ていた。寒いのにストッキングもタイツも履かず、生脚《なまあし》が剝《む》き出しだった。

スカートの丈が膝上なので、むっちりした太腿《ふともも》がチラチラのぞいている。つい視線が向きそうになり、意識的に夏希の顔だけを見るようにした。

「兄さんが怪我をしたらしくて、春休みは家の手伝いをしなくちゃいけなくなったんだ」

祐二が帰省した経緯を話すと、彼女は納得したようにうなずいた。

「章一さん、大変だったね。事故に遭《あ》ったって聞いたときはびっくりしたよ」

「でも、足の骨折だけですんだから、まあ、不幸中の幸いってやつかな」

兄は農作業の軽トラックに撥《は》ねられたのだ。小さな村なので、きっと噂はひろまっているだろう。

「ところで、買い物？」

話しながら並んで歩きはじめる。家は近所なので、帰る方向はいっしょだった。

「うん。卵が切れたから買ってきてって、お姉ちゃんが」

夏希は買い物袋を軽く持ちあげてつぶやいた。

彼女の実家は「割烹《かっぽう》吉野」という和食屋を営んでいる。村で集会などがあると、みんなが利用していた。一応、宿泊施設も兼ねている。父親は農業に専念して、店のほうは祖母、母親、姉妹の女四人で切り盛りしていた。

「家が商売をやってると大変だな」

「そんなことないよ。ゆうちゃんの家のほうが大変でしょ。神社の息子じゃ、ヘンなことできないじゃない」

「ヘンなことって？」

思わず聞き返すと、なぜか夏希の顔が赤くなった。

「ヘンなことって……ヘンなことだよ」

「あっ、エッチなこと考えてただろ」

「ち、違うよ」

肩をバシッとたたかれた。むきになって怒るところが怪しいが、こんなやりとりも楽しかった。

さりげなく隣を見れば、夏希も微笑を浮かべながら歩いている。

昔から仲のいい幼なじみだ。家が近所で同い年ということもあり、物心つく前からいっしょに遊んでいた。山で虫捕りをしたり、川で釣りをしたり、とにかく外で遊ぶのが楽しかった。

ところが、成長するにつれて、ほのかな恋心が芽生《めば》えはじめた。それは祐二の一方的な想いだったので、これまで告げることはなかった。仲のいい幼なじみの関係が壊れることを恐れていた。

高校を卒業すると、祐二は東京の大学に進学して、夏希は家業の手伝いをすることになった。離ればなれになったが、それでも祐二の気持ちは変わらない。彼女への淡い想いは胸に秘めたままだった。

「なんかさ、こうしていっしょに歩いてると昔を思い出すよね」

ふいに夏希がつぶやいた。

彼女の視線は西の空に向いている。遠い山々の上空が、うっすらとオレンジ色に染まっていた。

まだ小さかったころ、日が傾いても外を走りまわっていたのを思い出す。もっと遊びたくて、夕日に染まっていく空を悲しい気持ちで見あげていた。きっと夏希も、あのころの景色が脳裏に浮かんだのだろう。

「そうだな。あのころは楽しかったよな」

空を見つめながら、しみじみつぶやいた。すると、一拍置いて、夏希がプッと噴き出した。

「なんだよ？」

思わず隣を見やると、夏希はさもおかしそうに笑っている。そして、祐二の肩を軽くたたいてきた。

「だって、ゆうちゃん、急に年寄りくさいこと言うんだもん」

どうやら、祐二の言葉が笑いのツボだったらしい。そんなに年寄りくさいことを言ったつもりはないが、夏希が楽しげに笑い転げているので、それならそれで構わなかった。

「わたしたち、まだ二十歳だよ。これから、もっと楽しいことがあるよ」

夏希が弾《はず》むような声で語りかけてくる。

この年まで恋人もできないままだが、夏希がそう言うのなら、そんな気がしてくるから不思議だった。

「そうだよな。きっと楽しいことがあるよな」

祐二は幼なじみに同意すると、夕日を浴びながら大きく伸びをする。ますます眩《まばゆ》くなった太陽が、ふたりを明るく照らしていた。

2

正月以来の帰省だった。

村で唯一の神社である「村岡《むらおか》神社」の裏手に、沢木家の実家はある。両親は六十をすぎて隠居生活に入り、少し離れた場所の一戸建てで暮らしていた。

「祐二くん、急に帰ることになって大変だったでしょう。予定とかあったんじゃないの？」

兄嫁の志乃《しの》がやさしく声をかけてくれる。

実家に戻ると、しばらくして夕食となった。食卓には魚の塩焼きや煮物、それに味噌汁と白いご飯が並んでいた。ひとり暮らしをしている祐二には、温かい手料理がなによりうれしかった。

「どうせバイトをするだけだったんで……」

「でも、せっかくのお休みにごめんなさいね」

志乃に謝られると、逆に申しわけない気持ちになってしまう。本来なら兄の章一が言うべき台詞《せりふ》だが、本人はむっつりとご飯を口に運んでいた。

（頼まれたから帰ってきたのに……）

祐二は腹のなかで思わず愚痴った。

藍《あい》色の作務衣《さむえ》を着た章一は、祐二の顔を見ても「帰ってきたか」とつぶやいただけだ。感謝しろとは言わないが、ほかに言葉はないのだろうか。

（それにひきかえ、義姉《ねえ》さんは……）

箸《はし》で焼き魚をほぐしながら、斜め向かいの席に座っている志乃をチラリと見やった。焦《こ》げ茶のフレアスカートに白いブラウス、その上に薄緑のカーディガンを羽織っている。カーディガンの肩先では黒髪が揺れていた。

志乃は兄のふたつ年上の三十二歳だ。姉さん女房でちゃきちゃきしているが、いつもさりげなく夫を立てている。結婚四年目でまだ子供はいないが、夫婦仲は良好のようだった。

「章一さん、おかわりは？」

妻の呼びかけに、章一は無言でお茶碗を差し出した。

兄は相変わらず無口だが、これが普通なのだろう。志乃は不満げな様子もなくお茶碗を受け取り、ご飯をよそった。

「祐二くんも遠慮しないでたくさん食べてね」

「はい……」

祐二は視線をそらしてうなずいた。

しかし、どうにも落ち着かない。正月は両親もそろっていたが、今日は兄夫婦だけだった。志乃の料理は美味だが、この状況では食が進まない。結局、おかわりすることなく食べ終えた。

「ごちそうさまでした」

祐二は食器を流しに運ぼうと立ちあがった。

「お粗末さまでした。そのままでいいわよ」

志乃がやさしく声をかけてくれる。だが、昔からの習慣なので、自分が使った食器を流しに運んだ。そして、二階の自分の部屋に向かおうとしたとき、ふいに章一が口を開いた。

「大切な話がある。俺の書斎に来い」

おそらく、神社の仕事のことだろう。章一が松葉杖をつきながら居間を出ていくので、祐二はおとなしくついていった。

兄につづいて、一階の奥にある書斎に入る。座布団を勧められて、座卓を挟んで向かい合う形で座った。

「この村は農家が多く、ほとんどの男たちは冬になると出稼ぎに出て、春まで戻ってこないのは、おまえも知っているな」

章一は堅苦しい口調で語りはじめた。

商売をやっている家は別だが、それはごくわずかだ。農家の男たちは、冬になると出稼ぎで都会の工場などに行くのが普通だった。なにを今さら当たり前のことを言っているのだろう。祐二は不思議に思いながらもうなずいた。

「そしてその間、残された村の女たちを気遣《きづか》うのが、神社の大切なお役目のひとつである。つまり、宮司の仕事は、神社を守るだけではないということだ」

章一は淡々と語りつづける。

普段は言葉少ない兄が、めずらしく饒舌《じょうぜつ》になっているのはなぜだろう。もったいぶったような話しぶりも気になった。だが、祐二は意味がわからず、眉根を寄せて首をかしげた。

「昔、夫が留守の間に残された女たちが浮気をして、村の風紀が非常に乱れたことがあったらしい。そこで神社の男が、女たちを慰《なぐさ》めることになった。それが、『色事師《いろごとし》』のはじまりだ」

「ちょ、ちょっと待って。なんの話をしてるの？」

祐二は黙っていられず口を挟んだ。兄がなにを言っているのか、まったくわからなかった。

最初は兄がふざけているのかと思った。しかし、章一は真剣そのものだ。そもそも冗談を言うような性格ではなかった。

「いいから最後まで聞け」

口調はあくまでも穏やかだが、有無を言わせぬ響きがある。祐二が再び口を閉ざすと、章一は静かに語り出した。

神社を守ってきた沢木家は、代々絶倫の家系だった。そのため、男たちが出稼ぎでいない冬の間、村の女たちを慰める「色事師」のお役目を担うことになったという。

「い、色事師って、つまり……」

祐二が問いかけると、兄は厳《いか》めしい顔でうなずいた。

「うむ。村の女たちと情を交わすのが色事師の仕事だ」

耳を疑う言葉が章一の口から語られた。

情を交わすとは、セックスをするということだ。そんなお役目があるとは信じられない。だが、生まじめな兄が嘘や冗談を言うとも思えない。相変わらず真剣な顔で、にこりともしなかった。

「俺が七代目の色事師だ」

章一が重大な事実を告げるようにつぶやいた。

言葉の端々から色事師の矜持《きょうじ》と責任感が伝わってくる。ところが、章一は苦渋に満ちた表情になり、骨折している右脚に手をあてがった。

「こんなことになって、すまん」

いきなり、章一が謝罪の言葉を口にした。

さらりとだったが、それでも兄が自分に謝るとは驚きだ。その様子を目にして、お役目の重さが少しだけ理解できた。

「に、兄さん……」

祐二は言葉を失った。

色事師のことなど、まったく知らなかった。兄のこれほど苦しんでいる顔を見るのもはじめてで、頭のなかが混乱してしまう。どんな言葉をかければいいのか、まったくわからなかった。

「この怪我のせいで、大切なお役目がこなせなくなった。そこで急遽、おまえを呼び戻したのだ」

「そ、それって、まさか……」

自分が兄の代わりをするということだろうか。だが、それを確認する間もなく、章一は話しつづける。

「慰めてほしい女性は、夫婦の合意のもと、事前に神社へ依頼してくる。色事師は予定に従い、夜這《よば》いをかける決まりだ」

「よ、夜這いって……」

はじめて聞く話ばかりで、頭のなかが混乱してしまう。

とにかく、色事師は依頼に従って、指定された日時に指定された場所を訪れる。そして、そこで寝ている女性を夜這いするのだという。当然ながら女性は色事師が来るとわかっているので、すべて受け入れて、情を交わすことになるらしい。

「そのお役目を……お、俺が？」

祐二は思わず自分の顔を指差して確認した。

「そうだ。色事師の代役が務まるのは、おまえしかいない」

章一は力強く言いきった。

「今さら、父さんに復帰してもらうわけにはいかないからな」

「えっ、待ってよ。もしかして、父さんも……」

一瞬、聞き間違いかと思ったが、兄はこっくりうなずいた。

「父さんが先代の色事師だ」

またしても驚きの事実を告げられる。

今は隠居しているが、父親は気むずかしくて厳格な人だった。そんな父親が六代目の色事師だったのだ。

「じゃあ、五代目は……」

「うむ。祖父《じい》さんだ」

章一の答えを聞いて愕然としてしまう。兄と父親だけではなく、祖父まで色事師だった。そして、そんな重大なことをなにも知らされていなかったという事実にも、祐二は激しく動揺していた。

「どうして、俺には教えてくれなかったんだよ」

つい突っかかるような言い方になる。だが、兄は感情を乱すことなく泰然《たいぜん》と構えていた。

「色事師のことは、村に在住している二十歳以上の者に告げられる決まりだ」

どうやら細かい決めごとがあるらしい。

祐二は二十歳になっていたが、今は東京に住んでいる。だから、色事師のことを教えてもらえなかった。決めごとは絶対であり、たとえ宮司の家系でも特別扱いはないという。

「だが、今回は特例中の特例だ。村の男が出稼ぎに出ている今、色事師が必要とされている。代役が務まるのは祐二、おまえしかいないのだ」

章一が右手の人差し指を鼻先に突きつけてくる。眼光鋭く見つめられて、祐二は思わずたじろいだ。

「い、いや、無理だよ」

なにもかも初耳で困惑を隠せない。色事師などできるはずがないと、首を左右に振りたくった。

「無理ではない。おまえにも沢木家の血が流れている」

兄は一歩も引こうとしない。それどころか、前のめりになり、目をグッとのぞきこんできた。

「俺の代でお役目を途絶えさせるわけにはいかない。おまえしかいないんだ」

強制的な口調のなかにも、懇願するような響きが含まれている。章一は大切なお役目である色事師を継いで、わずか二年目だ。ここで汚点を残したくないという思いもあるに違いなかった。

「でも、ダメなんだ」

「おまえは宮司の家系に生まれたんだぞ。それを忘れるな」

兄の圧力は強烈だ。それだけ重責を担ってきたということだろう。断るには、それ相応の理由が必要だった。

「俺……童貞なんだよ」

祐二は仕方なく白状した。

本当は格好悪くて言いたくなかったが、引き受けてから醜態をさらしたくない。色事師の代役を断るには、打ち明けるしかなかった。ところが、章一は一瞬黙りこんだだけで、すぐにまた口を開いた。

「そんなことか。心配するな」

「な、なに言ってるんだよ。童貞なのに、色事師なんてできるわけないって」

懸命に断ろうとするが、兄は聞く耳を持たなかった。

「それなら聞くが、おまえ、一日に何回くらい射精できるんだ」

章一が真顔で尋ねてくる。祐二は一瞬、言葉を失って黙りこんだ。

「若いんだから、自分で処理するだろう。一日で多いときに何回くらいするんだ」

どうやら、自慰行為の回数を聞いているらしい。ふざけた質問に思えるが、兄は表情をまったく崩さなかった。

「よ、四回……五回のときもあるかな」

気圧《けお》されて、つい答えてしまう。すると、兄は満足げに深くうなずいた。

「やっぱり絶倫じゃないか」

真剣な顔で章一にそんなことを言われて、祐二は唖然としてしまう。

「おまえは沢木家の血をしっかり受け継いでいる。ちなみに絶倫だけではなく、巨根の家系でもあるんだ。まあ、確認するまでもないだろう」

章一がまじめな顔でつぶやいた。

そう言われて思い出す。高校の修学旅行で、友人たちと旅館の風呂に入ったとき、自分のペニスが大きいことに気がついた。みんなに見られるのが恥ずかしくて、必死にタオルで隠したものだった。

(俺、童貞なのに……)

自覚はなかったが、本当に絶倫で巨根なのだろうか。だが、そのことより、とにかく兄の圧力が強烈だった。

「いいか、祐二。これは宮司の家系に生まれた宿命だ。今後も俺の代役を頼むことがあるかもしれない。ずっと拒みつづけることなんてできないぞ」

「そんなこと言われても……」

「まだ二十歳じゃないか。今なら失敗しても許される。若いうちに経験しておいたほうが今後のためだ」

これほど必死な兄を見るのは、はじめてだ。熱心に説得されて、断りづらい空気になっていた。

「とにかく試しに一回やってみてくれ……頼むっ」

ふいに章一が両手を座卓について頭をさげた。

「それでダメなら考える」

額を天板に擦りつけている。まさか、兄にここまでされるとは思いもしない。兄はずっと頭をさげたままで、重苦しい沈黙がしばらくつづいた。さすがに、もう拒絶できなかった。

「と、とりあえず、一回だけなら……」

こうなったら、試しの一回は引き受けるしかない。

童貞なのだから上手《うま》くいくはずないが、失敗してもいいという。そのうえで断るのなら、兄も納得するだろう。

「そうか、やってくれるか」

顔をあげた章一は、うれしそうに何度もうなずいた。

まだ色事師の代役をやると正式に決めたわけではない。しかし、喜んでいる兄を見て、あらためて責任の重大さを実感した。

「さっそく今夜、行ってくれるな」

章一の言葉が頭のなかで反響する。

まさか、今夜とは思わなかった。心の準備ができていないが、そんなことはお構いなしに兄が説明をはじめた。

3

（本当にここでいいのか？）

祐二は懐中電灯を手にして、恐るおそる周囲を見まわした。

時刻は深夜零時になるところだ。章一から告げられた場所は寄合所だった。平屋の簡素な建物で、村の集まりなどがあるときに使われている。依頼者はどうしてこんな場所を指定したのだろう。夫が出稼ぎで留守なら、自宅でいいのではないか。不思議に思いながらも、寄合所の入口を懐中電灯で照らした。

さすがに夜は冷えこむ。吐く息が白く、夜の闇に溶けていく。

寄合所は民家からは少し離れた場所にある。街路灯がないので、この時間はまっ暗だ。背後から月明かりが差しているが、寄合所の裏は山になっているため、なおさら闇が濃く感じた。

兄に説明を受けたあと、風呂に入って仮眠を取ろうと横になったが、緊張で一睡もできなかった。童貞なのに夜這いをしなければならないのだ。眠るどころか、目は冴える一方だった。

すぐに脱げるほうがいいと思い、スウェットの上下にブルゾンというラフな服を選んだ。上手くできる自信はないが、兄に頭をさげられたら断れない。一回はやってみようと、思いきってやってきた。今夜はお試しということだが、本番と同じ形式でやることになっていた。

しかし、いざとなると躊躇《ちゅうちょ》してしまう。

本当に女性が待っているのだろうか。まだなにもはじまっていないのに、胸の鼓動が異常なほど速くなっていた。

（い、行かないと……）

とにかく、なかに入ってみるしかない。

どんな女性が待っているのだろう。期待と不安がふくれあがるなか、気合を入れて寄合所の引き戸に手をかけた。

ゆっくりスライドさせて、恐るおそる足を踏み入れる。下駄箱周辺はまっ暗だ。懐中電灯で照らしながら、スニーカーを脱いであがった。

さらにドアを開けると、そこは板張りの空間になっている。おそらく三十畳ほどはあるだろう。ちょうど窓から月明かりが差しこんでおり、広い室内は青白く照らされていた。

意外に明るいので、懐中電灯を消して視線をめぐらせる。すると、なにやら白い物が目に入った。

（布団だ……）

広い空間の中央に布団が敷いてある。不自然な光景だが、これこそ依頼が本物であるという証拠だ。掛け布団が盛りあがっており、誰かが横になっているのは間違いなかった。

（あ、あそこに……お、女の人が……）

考えるだけで緊張が高まってしまう。あの布団で、女性が夜這いされるのを待っているのだ。

村の女性であるのは確かだが、それが誰なのかは実際に夜這いをしかけるまでわからない。たとえ知り合いであろうと、依頼があった以上、色事師は女性を満足させなければならない決まりだった。

（お、俺に、できるのか？）

足がすくんで動けない。祐二は広間の入口に立ちつくして、布団をじっと見つめていた。

兄に頼まれて引き受けたが、今さらながら後悔している。どう考えても、童貞の自分に色事師など務まるはずがない。絶倫で巨根の家系だと言われたが、経験がないのだから無理に決まっている。

祐二が身動きできずにいると、ふいに布団のふくらみが動いた。

女性が寝返りを打ったのだ。きっと起きているのだろう。色事師が来たことに気づいて、待ちきれなくなっているのではないか。早く夜這いしてほしいと願っているのかもしれない。

(や、やらないと……)

恐るおそる布団に歩み寄っていく。しかし、夜這いのやり方などわからない。とりあえずブルゾンを脱ぎ、布団のすぐ隣で腰をおろした。

まずは声をかけるべきだろうか。いや、夜這いなのだから、無言のまま触れたほうがいいのではないか。

(どうすれば……)

迷っていると、布団の端から女性の白い手が伸びてきた。

指はほっそりしてしなやかで、艶《つや》のある爪が月光を反射している。祐二の手首をつかむと、そっと引き寄せた。

「わっ！」

バランスを崩して前のめりになり、そのまま敷き布団の端に倒れこんでしまう。すると、布団のなかから女性が顔をのぞかせた。

「祐二くん、来てくれたのね」

呼びかけてくる声に聞き覚えがあった。見つめてくる瞳も、月明かりに照らされた顔もよく知っている。

すぐ目の前に迫っているのは、兄嫁の志乃だった。

「ね、義姉さん……」

やっとのことで言葉を絞り出す。なにが起きているのか理解できなかった。

祐二は添い寝をする格好になっている。息がかかるほど近い距離に、兄嫁の整った顔が迫っていた。

「寒いでしょう。こっちに来て」

照れ笑いを浮かべて志乃がささやきかけてくる。

これは夢でも幻でもなく現実だ。兄嫁が隣で横たわっている。布団をめくると、祐二の体にかけてくれた。

「くっつくと、あったかいわよ」

志乃は白地に藍色の草花が描かれた浴衣《ゆかた》を着て、身体をこちらに向けて横たわっている。布団のなかは彼女の体温で、ほどよく温まっていた。

「祐二くんの体、冷えちゃってるわ」

浴衣に包まれた女体をぴったり寄せてくる。志乃の顔がさらに迫り、今にも唇が触れそうになっていた。

「ちょっ……ね、義姉さん」

慌てて体を離そうとするが、兄嫁の手が腰にしっかりまわされている。浴衣ごしに豊かな乳房のふくらみが、スウェットの胸板に押しつけられていた。

「ま、まずいですよ」

胸の高鳴りを覚えながらも、懸命に視線をそらしていく。ところが、志乃は意味深に「ふふっ」と笑った。

「なにがまずいの？」

「だ、だって、義姉さんと、こんなこと……」

至近距離で目を合わせるとドキドキしてしまう。祐二は顔をそむけながら、かすれた声でつぶやいた。

「じゃあ、お役目はどうするの？」

志乃に言われてはっとする。どうやら、彼女は祐二が色事師の代役だと知っているようだった。

「全部、知ってるの？」

「もちろんよ。章一さんは二年前に宮司になって、同時に色事師のお役目を引き継いだことも」

志乃は平然と言ってのける。だが、それは夫がほかの女とセックスするのを容認しているということだ。

「いやじゃないの？」

「まったく気にならないって言うとウソになるけど、大切なお役目だもの」

そんな簡単に割りきれるものだろうか。祐二が思わず黙りこむと、志乃は余裕の笑みを浮かべてつけ加えた。

「そのぶん、しっかり愛してもらってるから……」

兄嫁の頬が桜色に染まった。

どうやら、章一は妻へのフォローもしっかり行なっているらしい。絶倫であることが生きているのだろう。しっかり満足させているから、志乃も理解を示しているに違いなかった。

「今夜は祐二くんの夜這いの練習相手をするように、章一さんに頼まれたの」

志乃はまっすぐ目を見つめてくる。それはつまり、祐二の初体験の相手になるということだ。

（まさか、兄さんがそんなことを……）

にわかには信じられなかった。

章一は自分の妻に、弟の筆おろしをさせようとしているのだ。どう考えても普通ではない。しかし、色事師という村独自の風習が、現代もつづいているのだ。なにが起きてもおかしくない気もした。

「夫のお役目のためだもの。それに……」

志乃は手のひらで祐二の腰を撫でながら、穏やかな声でささやきかけてくる。

「祐二くん、かわいいから……」

兄嫁の手のひらが腰から股間へと移動して、スウェットパンツの上からペニスをまさぐってきた。

「うっ……」

軽く撫でられただけでも快感がひろがっていく。ボクサーブリーフのなかで、ペニスがむくむくとふくらむのがわかった。

（ね、義姉さんの手が……）

兄嫁に触られていると思うと、背徳的な快感が押し寄せてくる。ただでさえ、女性に愛撫されるのは、これがはじめての経験だ。軽く撫でられただけで、ペニスは瞬《また》く間に反り返った。

「大きくなってきたわ。ああっ、まだふくらむの？」

志乃が驚きの声を漏らして、スウェットごしに太幹をつかんできた。

「くぅっ……ね、義姉さん」

祐二はどうすればいいのかわからず、添い寝の体勢で固まっている。すると、兄嫁の手が、布地ごとペニスをしごきはじめた。

「こんなに硬くして……興奮してるのね」

「お、俺……ど、どうすれば……」

頭のなかが燃えるように昂《たかぶ》っているが、なにしろ祐二は童貞だ。なにかしたくても、なにからはじめればいいのかわからなかった。

「祐二くんの好きにしていいのよ。キスをしてもいいし、身体に触ってもいいの。でも、女の反応を見ながらやさしくね」

志乃がやさしく教えてくれる。祐二は緊張で頬をひきつらせながらうなずいた。

「じゃ、じゃあ……」

布団をはねのけると、女体に覆いかぶさっていく。夜の冷気が体を撫でるが、興奮しているのでまったく寒くない。まずはキスをしようと顔を寄せる。すると、志乃は静かに睫毛《まつげ》を伏せてくれた。

「ンっ……」

唇が軽く触れると、兄嫁が微かな声を漏らす。溶けそうなほど柔らかい唇の感触が伝わってきた。

(キ、キス……俺、義姉さんとキスしてるんだ)

これが祐二のファーストキスだ。

まさか、兄嫁がはじめての相手になるとは思いもしない。唇と唇が触れ合うだけなのに、どうしてこれほど興奮するのだろう。ボクサーブリーフのなかのペニスは、破裂しそうなほど硬くなっていた。

しかし、ここからどうすればいいのかわからない。困りはてて唇を離そうとすると、志乃が両手で頬を挟みこんできた。

(ね、義姉さん?)

驚いて動きをとめる。その直後、彼女の舌が唇を割って口のなかに侵入してきた。

「はンンっ」

甘い吐息を吹きこまれて、同時に口内を舐《な》められる。歯茎や頬の内側をヌルヌルと這いまわり、柔らかい口腔粘膜をねちっこくしゃぶられた。

「うむっ……」

祐二は呻《うめ》き声を漏らすばかりで身動きできなかった。

(こ、これが、ディープキス……)

口腔粘膜を舐められるのが心地いい。舌をからめとられて吸いあげられる。唾液をすすられたと思ったら、彼女は喉を鳴らしてうまそうに飲みくだした。

(俺の唾《つば》を……ああっ、義姉さん)

唾液を飲まれたことで興奮が高まった。

すると、唇を重ねたまま抱きしめられて、布団の上をゴロリと反転する。気づくと祐二が仰向《あおむ》けになり、志乃が覆いかぶさる格好になっていた。

「今度は祐二くんが……はンンっ」

志乃はキスをしながらつぶやき、とろみのある唾液を口移ししてくる。トロトロと注ぎこまれて、条件反射的に嚥下《えんげ》した。

（あ、甘い……なんて甘いんだ）

テンションがあがり、祐二のほうから彼女の口内に舌を差し挿《い》れる。柔らかい口腔粘膜をしゃぶりまわして、舌をチュルチュルと吸いあげた。

「はンっ……はあンっ」

志乃は女体をくねらせながら、唾液をどんどん与えてくれる。口内に流れこむなり飲みくだして、浴衣の上からくびれた腰を撫でまわした。

（これがキス……さ、最高だ）

キスがこれほど気持ちいいものとは知らなかった。祐二は女体を抱きしめて、夢中になって兄嫁の唇を貪《むさぼ》りつづけた。

「キスだけでいいの？」

延々とキスをしたあと、志乃は唇を離して見おろしてくる。瞳はねっとり潤んでおり、月明かりを浴びた唇はヌラヌラと光っていた。

（触っても、いいのか？）

祐二は浴衣の乳房のふくらみを見つめて、思わず生唾を飲みこんだ。

せっかくなので触ってみたい。志乃はやさしげな微笑を浮かべている。今なら怒ることはないだろう。

恐るおそる両手を伸ばすと、浴衣の上から乳房に重ねていく。軽く押し当てただけでも、手のひらに柔らかさが伝わってくる。さらに指をゆっくり曲げて、双《ふた》つのふくらみを揉みあげた。

(や、柔らかい……女の人の胸って、こんなに柔らかいのか)

奇跡のような感触に驚きを隠せない。祐二は思わず両目をカッと見開いた。

ほとんど力を入れていないのに、指先がいとも簡単に沈みこんでいく。男の体ではあり得ない感触だ。早くも柔らかさの虜《とりこ》になり、祐二は夢中になって何度も何度も揉みあげた。

「ああンっ、もっとやさしく」

志乃が小声で語りかけてくる。

「女の身体は繊細なの。大切なものを扱うようにするのよ」

「は、はい……」

つい力が入っていたらしい。祐二は意識して力を抜くと、できるだけやさしく乳房に指を沈みこませた。

「そう、上手よ……はあンっ」

志乃の唇から甘い声が溢れ出す。彼女は自分で浴衣の帯をほどくと、衿《えり》を左右にゆつくり開いた。

（おおっ……）

たっぷりした乳房が露《あらわ》になり、祐二は思わず腹の底で唸った。

生の乳房を目にするのは、これがはじめてだ。しかも、兄嫁の乳房だと思うと、禁断感もプラスされ、興奮はさらに倍増する。肉感的でたっぷりしているうえ、身じろぎするたび柔らかそうに波打った。先端の乳首は桜色で、すでに硬く隆起していた。

（こ、これが、義姉さんの……）

圧倒されて声も出ない。祐二は瞬《まばた》きするのも忘れて、白くて大きな乳房を見つめていた。

「触っていいのよ。女を悦《よろこ》ばせるのがお役目でしょう？」

志乃が祐二の手を取った。自分の乳房へと導き、手のひらを押し当てる。乳房の柔らかさと熱さが伝わり、興奮の波が押し寄せてきた。

誘われるように柔肉を揉みあげる。浴衣の上からとは異なり、まるでシルクを思わせる、なめらかな肌の感触も心地いい。柔肌をじっくり撫でまわしては、乳房に指を沈みこませた。

「おっぱいに触るのは、これがはじめて？」

志乃の言葉に、祐二はカクカクと何度もうなずく。すると、彼女はうれしそうに目を細めて見おろしてきた。

「や、柔らかくて……き、気持ちいい」

思わずつぶやき、乳房を揉みあげる。そのとき、手のひらに触れている乳首が軽く擦れた。

「ああンっ」

とたんに志乃の唇から甘い声が溢れ出す。どうやら、乳首が感じるらしい。祐二は興奮にまかせて、双つの乳首を摘《つ》まみあげた。

「ああっ、そ、そこは敏感なの……」

志乃の息遣いが乱れている。慎重に乳首を転がせば、志乃は浴衣を完全に脱ぎ捨て腰をくねらせた。

「そうよ、やさしく……はああンっ」

驚いたことに、浴衣の下にはパンティさえ身に着けていなかった。

窓から差しこむ月光が、白い女体を照らし出す。膝立ちになって腰をよじり、大きな乳房を揺らしていた。

「祐二くんも……」

志乃がスウェットの上着をまくりあげると、あっさり首から抜き取った。さらにはスウェットパンツとボクサーブリーフも引きおろされ、勃起したペニスが剝き出しになった。

「ああっ、やっぱりすごいのね」

ため息まじりにつぶやき、志乃がペニスをまじまじと見つめてくる。

もしかしたら、章一と比べているのかもしれない。兄嫁の熱い視線を浴びて、激烈な羞恥がこみあげる。それなのにペニスはますます硬くなり、張りつめた亀頭の先端から透明な汁が溢れ出した。

「こんなに濡らして、興奮してるのね」

「は、恥ずかしいです……」

「ふふっ、大丈夫よ。祐二くんのすごく立派だもの。太さはどうかしら」

志乃の細い指が、肉胴部分に巻きついてくる。やさしく締めつけられると、それだけで快感が走り抜けた。

「ううっ……」

情けない呻き声が漏れてしまう。

なにしろ、兄嫁がじかに男根を握っているのだ。柔らかい指の感触がたまらず、さらなる我慢汁が分泌される。すでに亀頭はヌルヌルになっており、濃厚な牡の匂いまで漂いはじめた。

「わたしも興奮してきちゃった。挿れてもいいわよね」

志乃が股間にまたがってくる。両膝をシーツにつけた騎乗位の体勢だ。右手で竿《さお》をつかみ、亀頭を自分の股間へと導いた。

(あ、あれは……)

そのとき、彼女の女陰が露になった。

股間を突き出すような格好になったため、ちょうど内腿のつけ根部分が月明かりに照らされた。二枚の女陰はサーモンピンクで、たっぷりの華蜜で濡れている。割れ目が少し開いており、まるでペニスを求めるようにヒクついていた。

淫らな光景を目《ま》の当たりにして、祐二は言葉を発する余裕もなくなった。あそこにペニスを挿れると思うと、異常なまでの興奮がこみあげてきた。

「あっ……すごく熱くなってるわ」

陰唇を亀頭に押しつけて、志乃が女体を震わせる。割れ目から溢れた果汁が、亀頭をしっとり包みこんだ。

「ね、義姉さん……お、俺……」

まだ挿入していないのに、先走り液がとまらなくなっている。今からセックスすると想像するだけで、頭のなかが熱く燃えあがった。

「挿れるわよ……ンンっ」

志乃が腰をゆっくり落としてくる。陰唇が押しつけられて、亀頭の先端がほんの数ミリ内側に沈みこむ。透明な汁が大量に溢れ出すと同時に、ペニスがヌプリッと膣内《ちつ》に収まった。

「くううぅッ」

膣口が締まり、いきなりカリ首が締めつけられる。熱い膣襞《ひだ》が亀頭の表面に密着して、ウネウネと蠢《うごめ》きはじめた。

「ああっ、先っぽが入ったわ」

志乃がささやきながら、さらに腰を下降させる。屹立《きつりつ》したペニスが、膣口にどんどん呑みこまれていく。

「うッ……ううッ」

熱くて柔らかい媚肉に包まれるのは未知の感触だ。硬くなったペニスが蕩《とろ》けていくようで、呻き声を抑えられない。経験したことのない快感が、瞬く間に全身へとひろがっていく。

「はあンっ、全部入ったわよ」

志乃の声が鼓膜をやさしく震わせる。

首を持ちあげて己《おのれ》の股間を見おろせば、そそり勃《た》っていた肉柱がすべて彼女のなかに収まっていた。

（は、入ってる……俺、セックスしてるんだ）

ついに童貞を卒業したのだ。

しかし、感動に浸っている余裕はない。無数の膣襞が常に蠢いており、次から次へと快感を送りこんでくる。ただ挿入しただけなのに、早くも射精欲がふくれあがっていた。

「ね、義姉さん……ううッ」

媚肉がもたらす愉悦《ゆえつ》がペニスを震わせている。奥歯を食いしばって耐えるが、動かなくても達してしまいそうだ。

「わたしのなか、気持ちいい？」

志乃が股間をぴったり密着させて、ささやくような声で尋ねてくる。瞳はトロンと潤んでおり、まるでペニスを味わうように下腹部を波打たせていた。

「くううッ……」

もはや、まともにしゃべることもできない。なにしろ、これがはじめてのセックスだ。しかも、相手は兄嫁という背徳的な状況で、頭のなかがグチャグチャになるほど興奮していた。

「もうイキそうなのね」

志乃が祐二の上で腰をゆったり前後に振りはじめる。祐二の様子を見て、もう一刻の猶予もならないと悟ったらしい。まるで陰毛を擦りつけるように、股間をねちっこくしゃくりはじめた。

「そ、それ……ううッ」

柔らかい媚肉で硬化したペニスが揉みくちゃにされる。出入りする動きはわずかだが、それでも快感は瞬く間にふくらんでいく。結合部分から湿った蜜音が響くのも刺激的で、聴覚から興奮が煽《あお》られた。

「ああンっ、なかでビクビクしてるわ」

「き、気持ちいいっ、おおおッ、気持ちいいですっ」

もうこれ以上は耐えられない。両手でシーツをつかんで訴える。すると、志乃は唇の端に笑みを浮かべた。

「イキたかったら、イッてもいいのよ」

そう言うと同時に腰の動きを加速させる。下腹部をクイッ、クイッとうねらせて、ペニスを思いきり絞りあげてきた。

「くうウッ、も、もうダメですっ」

「いいわよ。イッて、わたしのなかでイッて」

志乃の甘い声が引き金となる。騎乗位で激しく腰を振られたら、初体験の祐二などひとたまりもない。あっという間に絶頂の大波に呑みこまれて、思いきり股間を突きあげた。

「で、出るっ、出ちゃいますっ、おおおおッ、ぬおおおおおおおおッ！」

女壺《にょつぼ》に埋めこんだペニスが脈動する。粘度の高いザーメンが、尿道を勢いよく駆け抜けていく。凄まじい悦楽が脳細胞を沸騰させて、祐二は獣《けもの》のような雄叫《おたけ》びを放っていた。

自分でしごくのとは比べものにならない快感だ。男根が熱い媚肉で揉みくちゃにされて、奥へ奥へと引きこまれる。蕩けてしまいそうな愉悦がひろがり、もうなにも考えられなかった。

「ああぁっ、熱いっ、祐二くんのがなかでビクビクしてるわ」

志乃の声が遠くに聞こえる。

彼女はまだ股間にまたがったまま、腰をゆったり振っていた。まるで最後の一滴まで絞り出すような、ねちっこい動きだった。

4

(す、すごかった……)

祐二は布団の上で仰向けになり、寄合所の天井をぼんやり見つめていた。

これほどまでの快楽が、この世に存在するとは知らなかった。はじめてのセックスは、人生観が変わるような体験だった。

これで童貞を卒業できたのだ。喜びがこみあげるのと同時に、胸の奥に気まずさがひろがった。隣には兄嫁の志乃が横たわっている。生まれたままの姿で、微かに呼吸を乱していた。

(俺……本当に義姉さんと……)

とんでもないことをしたのではないか。いくら兄の頼みとはいえ、冷静になって考えると怖くなってきた。

「うっ……」

股間に甘い刺激がひろがり、思わず体がビクッとなった。

「ふふっ、まだ硬いのね」

志乃がペニスを握ってきたのだ。愛蜜と精液にまみれた太幹をヌルヌルとしごかれて、収まりかけていた快感が再び盛りあがった。

「も、もうイッたから……」

「まだ一回だけじゃない。沢木家の男なんだから、何回でもできるでしょう」

志乃は絶倫の家系だと知っていて、ペニスをゆったり刺激する。すると、勃起したままの肉棒はさらに硬くなり、まるで鉄棒のように屹立した。

「うむッ、ま、また……」

射精して満足していたはずなのに、再び興奮の波が押し寄せてくる。全身の筋肉に力が入り、両脚がつま先までピーンッとつっぱった。

「どんどん硬くなるわ。ああっ、すごい」

喘ぐようにつぶやき、志乃の指が張り出したカリを這いまわる。愛蜜と精液を潤滑油にして、敏感な部分をやさしく擦りあげてきた。

亀頭の先端から透明な汁が溢れ出す。自分でもはしたないと思うが、欲望がもりもりふくれあがった。

「いいよ。もう一度しようか」

耳もとで甘くささやかれて、全身が燃えたぎったように熱くなる。興奮で目の前がまっ赤に染まっていく。もう一度、女壺の感触を味わいたい。ペニスを深い場所まで埋めこみ、思いきり精液をぶちまけたかった。先ほど感じていた兄嫁との背徳の戯《たわむ》れに対する後ろめたさは、もう消えていた。

「ね、義姉さん……」

隣に視線を向ければ、志乃もこちらをじっと見つめていた。視線が重なり、ますます気持ちが高揚する。握られたままのペニスは、もう待ちきれないとばかりに大量の我慢汁を垂れ流していた。

「今度は祐二くんが上になって」

志乃の言葉に導かれるまま、祐二は女体に覆いかぶさっていく。彼女の脚の間に腰を割りこませて、張りつめた亀頭を愛蜜まみれの女陰に押し当てた。

(ど、どこだ?)

はじめての正常位でとまどってしまう。膣口がどこにあるのかわからない。額に玉の汗を浮かべて、亀頭をグイグイ押しつけた。

「あンっ、慌てないで。もう少し下よ」

穏やかな声だった。志乃は落ち着かせるように言うと、右手をペニスに伸ばしてくる。そして、膣口の位置を教えてくれた。

思っていたよりも低い位置だった。柔らかい場所に軽くあてがうと、亀頭の先端が簡単に沈みこんだ。

「こ、ここですか？」

「そうよ。ゆっくり……ああっ」

志乃の顎がピクッとあがった。

そのままペニスをじわじわ押しこんでいく。亀頭がはまってしまえば簡単なことだった。あとは体重を浴びせるようにすれば、男根が女壺のなかを進み、やがて根元まで完全に挿入できた。

「くううッ、は、入った」

正常位で挿入することに成功し、同時に快感が押し寄せてくる。祐二は慌てて尻の筋肉に力をこめると、疼《うず》き出した射精欲を抑えこんだ。

「あああッ」

志乃が喘ぎ声とともに女体を大きく仰《の》け反らす。彼女が反応してくれるから、祐二の受ける快感も大きくなった。

「ね、義姉さんのなか……ううウッ」

熱い媚肉がペニスを歓迎するようにうねっていた。

亀頭の先端から肉棒の根元まで、全体に膣襞が密着して絞りあげられる。甘い刺激がひろがり、全身の毛穴から汗がいっせいに噴き出した。

「ああっ、やっぱり大きい」

志乃が自分の臍《へそ》の下に手を当てて喘いだ。

白い下腹部が艶《なま》めかしく波打っている。そこに手のひらを乗せて、ハアハアと呼吸を乱していた。亀頭がそこまで到達しているのだろうか。眉が悩ましい八の字に歪んで、ピンク色の唇が半開きになった。

膣の締めつけは強烈だ。快楽の小波《さざなみ》が絶えず打ち寄せて、射精欲が常に刺激されている。先ほどザーメンを放出していなければ、とっくに暴発していただろう。それほどの愉悦が全身にひろがっていた。

「動いて……最初はゆっくりね」

志乃が濡れた瞳で見あげて、色っぽい声でうながしてくる。そして、ピストンを誘うように、股間をねちっこくしゃくりあげた。

「じゃ、じゃあ……」

祐二はぎこちないながらも腰を振りはじめる。

ペニスをじわじわ引き出し、再び根元まで押しこんでいく。膣道はたっぷりの華蜜で潤っているため、スムーズに動かすことができる。とはいえ、締まりは強烈なので、ピストンするたびに快感の波が大きくなった。

「あっ……あっ……いいわ、その調子よ」

志乃の穏やかな声が背中を押してくれる。彼女はもう股間を動かしていない。仰向けの状態で、されるがままになっていた。

(俺、セックスしてるんだ)

自分で腰を振ると、セックスをしているという実感が湧きあがった。

両手を彼女の顔の横につき、腕立て伏せのような体勢でペニスを出し入れする。股間から湿った音が聞こえて、ますます気分が盛りあがった。

「最初はじっくり……ああっ」

女壺は熱く潤んでいる。華蜜が奥からどんどん溢れているため、ピストンはあくまでもなめらかだ。それでも、鋭く張り出したカリが膣壁を擦りあげる。とくにペニスを後退させるときは、まるでえぐるように粘膜を摩擦した。

「ああああッ、すごく擦れて、いいわ……ああッ」

志乃の反応が大きくなる。喘ぎ声を振りまき、腰を右に左によじりはじめた。乳房が弾むように揺れて、乳首はピンピンにとがり勃った。

急に膣道が狭くなる。刺激を受けたことで、膣が収縮しているらしい。ペニスが絞りあげられて、快感がさらに大きくなった。

「ううッ……うううッ」

呻き声を漏らしながら腰を振る。懸命に抑えこんできた射精欲が、再び頭をもたげはじめた。もう抑えることはできない。自然とピストンスピードが速くなり、男根をグイグイ出し入れした。

「あッ、ああッ、ゆ、祐二くんっ」

志乃の喘ぎ声も大きくなり、両手を伸ばして祐二の腰に添えてくる。さらには、もうたまらないとばかり、抽送《ちゅうそう》に合わせて股間をしゃくりはじめた。

「くおッ、そ、それ、すごいですっ」

ふたりの動きが一致することで、快感が一気に跳ねあがる。ふくれあがる欲望のまま、いきり勃ったペニスを力強く出し入れした。

「は、激しいっ、あああッ」

「ううッ、き、気持ちいいっ」

自分の下で兄嫁が喘いでいると思うと、新たな興奮が湧き起こった。

志乃はいつも朗《ほが》らかで、寡黙《かもく》な兄を陰で支える素敵な女性だ。そんな彼女がペニスの突きこみに合わせて、淫らに自らの股間を押しつけてくる。男根を締めつけることで、彼女も快楽を貪っていた。

「あぁッ、あぁッ、い、いいっ」

もはや志乃も手放しで喘いでいる。絶頂に向かっているのは明らかだ。祐二は激しく腰を振り、全力でペニスを抽送した。

「おおおッ、も、もうっ、おおおおッ」

「わ、わたしも……あああぁッ」

ふたりの呼吸は完全に一致している。視線を交わして腰を振り合うことで、身も心も蕩けそうな快楽を共有した。

「くううッ、また、で、出るっ、義姉さんっ、おおおッ、おおおおおおおッ！」

祐二はペニスを根元までたたきこむと、抑えてきた欲望を解き放った。

二度目の射精なのに、快感は衰えることがない。それどころか全身が痙攣《けいれん》するほどの絶頂感に襲われた。熱い媚肉のなかで、男根が思いきり暴れまわる。尿道口がひろがり、沸騰したザーメンが勢いよくほとばしった。

「あああぁッ、すごいっ、なかで出てるっ、あああぁッ、イクッ、イクううッ！」

精液を注ぎこまれた直後、志乃もよがり泣きを響かせる。女体を仰け反らせて、乳房を揺すりながら昇りつめていく。膣が猛烈に締まり、快感がさらにひとまわり大きくなった。

「くおおおおおッ！」

射精の速度がアップして、ザーメンが通過するたび尿道口がヒクついた。

頭のなかまでまっ赤に燃えあがる。もうなにも考えられず、女体をしっかり抱きしめて絶頂感に酔いしれた。


（俺は……いったい、なにを……）

まだ絶頂の余韻で全身が痺れている。

それでも頭のほうは、はっきりしてきた。まさか兄嫁が初体験の相手になるとは思いもしなかった。

隣に視線を向ければ、志乃がハアハアと胸を喘がせている。

たっぷりした乳房は汗ばんでおり、窓から差しこむ月明かりを浴びて、妖《あや》しい光を放っていた。

今夜は兄が計画した色事師の練習だった。志乃の手ほどきを受けながらだが、なんとか彼女を満足させることもできた。童貞だったことを考慮すれば、成功と言ってもいいのではないか。

（意外といけるのかも……）

ふと、そんなことを思っている自分に驚いた。

兄の策略にはまった気もするが、宮司の家系に生まれたのだから仕方がない。こうなったら、色事師の代役を受け入れるしかないと思った。

「とっても、上手だったわよ」

ふいに志乃がつぶやいた。

自信をつけさせるために言ってくれたのではないか。依頼してくる女性たちは、貪欲に快楽を求めてくるはずだ。誰もが志乃のようにやさしく接してくれるわけではないだろう。

それでも、兄嫁を絶頂に追いあげたと思うと、満足感が胸のうちに広がった。

第二章　夜這い待ちの人妻

1

「おはようございます」

祐二は居間に行くと、遠慮がちに兄嫁に挨拶した。

幸い章一の姿は見当たらない。昨夜のことを思うと、どんな顔で兄に会えばいいのかわからなかった。

「おはよう。祐二くん」

志乃が台所から声をかけてくる。昨夜のことなど微塵も感じさせず、穏やかな笑みを浮かべていた。

「すぐに朝食の支度をするわね。座って待ってて」

「は、はい……」

返事をして食卓につくが、どうにも落ち着かなかった。

なにしろ、彼女は兄の妻なのに、昨夜、二度もセックスをしたのだ。いくら色事師のお役目のためとはいえ、どうにも気まずかった。

(義姉《ねえ》さんは大丈夫なのかな？)

食卓に置いてあった新聞をひろげて、記事を読んでいるふりをしながら、台所のほうにチラチラと視線を向けた。

今、志乃は味噌汁を温め直しているところだ。小皿に取って味見をする姿は、いつもの兄嫁と変わらない。こうして見ていると、昨夜の乱れていた姿が夢だったような気がしてくる。

(本当に夢だったんじゃ……)

そんなことを考えているときだった。ふいに志乃が顔をあげて、こちらを見つめてきた。

「わざと遅く起きたんでしょう」

いきなり図星を指されてドキリとする。

じつは兄と顔を合わせたくなくて、わざと時間をずらして居間に来た。そのことを指摘されて、祐二の顔は瞬間的に熱く火照《ほて》った。

「べ、別に……」

ごまかそうとするが、声が情けなく震えてしまう。今さら嘘をついても無意味だと思って黙りこんだ。

「章一さんなら神社に行ってるわ」

足を骨折したからといって、宮司の仕事をすべて休むわけではない。自分でできることは自分でやるつもりらしい。

「そ、そうですか」

祐二は内心ほっと胸を撫でおろした。そういうことなら、しばらく兄に会わずにすみそうだ。

その後、祐二が黙っていると、おもむろに志乃が口を開いた。

「気にすることないのよ。これは村の神社として、大事なお役目なんだから」

確かにそうかもしれない。だが、祐二はまだそこまで割りきることはできなかった。

「義姉さんは……大丈夫なの？」

思いきって尋ねてみる。すると、志乃はほんの少し首をかしげて、不思議そうに見つめ返してきた。

「章一さんを支えることが、わたしの喜びなの」

迷いのない言葉だった。

どうやら、祐二が思っている以上に、夫婦仲は良好らしい。強い信頼関係で結ばれているからこそ、兄はお役目を引き継ぐことができたのだろう。志乃も夫のことを強く想っているから、祐二とセックスしても平気なのかもしれない。

(夫婦って、いろいろあるんだな……)

なにやら不思議な気持ちだった。

独身の祐二にはよくわからないが、この村が特殊なのかもしれない。なにしろ、色事師という風習が現代にも残っているのだ。各々が嫉妬をするようでは、色事師などとっくになくなっているだろう。

「たくさん食べてね」

志乃が食事を並べてくれる。納豆と漬物とレバニラ炒め、それに味噌汁と大盛りのご飯。朝からなかなかのボリュームだ。

「しっかり精をつけておかないと、夜、がんばれないから」

その言葉に身が引き締まる思いがした。

「もしかして……」

「忙しくなるわよ。詳しいことは章一さんから聞いてね」

志乃に言われて実感する。

どうやら、今夜が色事師のデビューになるらしい。今さらながら怖《お》じ気づくが、筆おろしまでしてもらった以上、断るわけにはいかなかった。

(やるしかないのか……)

複雑な思いが湧きあがる。

この重責が、昨日まで童貞だった自分に務まるのだろうか。ただセックスをすればいいわけではない。女性を満足させなければならないのだ。考えれば考えるほど不安だった。

そんな祐二の心情を見抜いたのかもしれない。志乃がいっそう穏やかな口調で語りかけてきた。

「祐二くんなら心配ないわ。わたしが保証する」

そう言われると、なんとかなる気もしてくる。

昨夜は志乃を絶頂させているのだ。あの感覚を忘れなければ、今夜も乗りきれるかもしれなかった。

だが、このプレッシャーが毎日つづくと思うと気が重い。兄の怪我は全治三週間と聞いている。その間、祐二が色事師として、大勢の女性たちに夜這いをかけなければならないのだ。

「きっと、女の人によって違いますよね。なんていうか、その……感じる場所とか、いろいろ……」

不安を口にすると、志乃は呆れたような目を向けてきた。

「そんなことを気にしていたの？」

「そりゃあ、気になりますよ」

むきになって言い返す。すると、志乃は急にまじめな顔になって、隣の席に腰をおろした。

「ここだけの話だけど、章一さんもお役目を継ぐまでは、女性経験がすごく少なかったの」

「兄さんが？」

反射的に聞き返して首をかしげる。

考えてみれば、兄は過去にどのような恋愛をしてきたのだろうか。年が離れているせいか、兄弟でそういう話をしたことは一度もない。当然ながら、いつ童貞を捨てたのかも知らなかった。

「章一さん、色事師になる前は、わたししか知らなかったのよ」

「え？」

「わたしが、章一さんのはじめての女なの」

そう言って、志乃はいたずらっぽい笑みを浮かべた。

驚いたことに、章一は結婚するまで童貞だったという。つまり、兄弟そろって、志乃に筆おろしをしてもらったことになる。兄の場合、志乃とは何度もセックスしていたはずだ。しかし、ひとりの女性しか知らなかったという点においては、祐二と同じだった。

（そうか、兄さんも……）

きっと不安だったに違いない。それでも、父親からお役目を引き継ぎ、色事師としてがんばってきたのだろう。

「俺、やってみます」

祐二は力強く言いきった。

今夜から忙しくなる。決意が固まったせいか、急に食欲が出てきた。とにかく、精をつけようと、さっそく朝食を食べはじめた。

「慌てると喉につまらせるわよ」

そんな祐二のことを、志乃は温かく見守ってくれる。兄嫁が作ってくれたレバニラ炒めは最高に美味だった。

2

朝食を摂《と》ったあと、祐二は外に出て、村のなかをぶらぶら歩いた。

家に閉じこもっていると、今夜のことを悶々と考えてしまう。少しでも気分を変えたかった。

(暇だな……)

こういうとき、東京ならいくらでも時間をつぶす場所がある。しかし、この田舎の村にはなにもなかった。

ショッピングモールとは言わないが、せめて喫茶店のひとつでもあれば、無駄に歩きまわらなくてもすむのにと思ってしまう。都会を知ってしまった今、田舎の暮らしが不便でならなかった。

(ほんとに、なんにもないな)

目に入るのは田んぼや畑ばかりだ。民家は点在しているが、祐二が行きたくなるような商店はなかった。

同年代の友だちは、進学で村を出ているか、家業である農家を継いで今は出稼ぎ中だ。遊ぶ相手もいなかった。

あきらめて家に帰ろうと思ったとき、前方の路地から人影が現れた。

「わっ……」

突然のことに驚き、思わず小さな声をあげてしまう。ところが、よく見ると幼なじみの夏希だった。ちょうど民家の角で陰になっていたため、いきなり鉢合わせした格好だ。

「びっくりしたぁ」

夏希も目をまるくしてつぶやいた。

この日も活発そうなミニスカートに黒いハイネックのセーター、その上に白いダウンベストを羽織っていた。

「なんだ、ゆうちゃんか」

祐二だとわかったとたん、夏希がそう言って唇をとがらせる。だが、目がしっかり笑っていた。

「なんだ、とはなんだ」

祐二もとっさに悪態をつくが、もちろん本気で怒っているわけではない。昔からふたりの間だけで通じる、お決まりのやり取りだ。視線を交わして、同時にプッと噴き出した。

「なにやってるの？」

夏希がニコニコしながら尋ねてくる。

「暇で死にそうになってたところ」

つられて祐二も笑顔になった。

「じゃあ、わたしが話し相手になってあげようか」

「どっかに行くんじゃないの？」

「お買い物を頼まれたんだけど、少しくらいならいいよ。ゆうちゃんが死んじゃったら困るもん」

こんなちょっとしたやり取りが楽しくて仕方ない。夏希といっしょにいると、とにかく気が楽だった。

「じゃあ、スーパーまでいっしょに行こうか」

祐二が提案して、ふたりは並んで歩きはじめた。

「それにしても、また買い物か。冬実《ふゆみ》さんも人使いが荒いな」

そう言いながら、夏希の姉、冬実の顔を思い浮かべる。

子供のころはよく遊んでもらったが、もう三十歳になっているはずで、結婚もしていた。今は「割烹吉野」の若女将《わかおかみ》だった。

「お姉ちゃんは忙しいからね。わたしは雑用係だから楽ちんだよ」

夏希は軽い調子で話すが、すでに従業員として働いている。学生の祐二とは立場が違っていた。

「偉いよなぁ。なっちゃんは、もう社会人か」

仲のよかった幼なじみが、遠い存在になった気がして淋しくなった。

「俺なんて、まだ学生だもんな」

しみじみつぶやくと、隣を歩いていた夏希が黙りこんだ。そして、一拍置いて、いきなり肩をバシッとたたいてきた。

「痛っ!」

「ゆうちゃんだって偉いじゃん。だって、お兄さんのお手伝いをするために帰ってきたんでしょ」

夏希が元気づけるように言ってくれる。

確かにそのとおりだが、祐二が思っていた手伝いとは違っていた。宮司の仕事をサポートするつもりでいたが、実際に兄から命じられたのは色事師の代役だ。とてもではないが、人に自慢できる内容ではなかった。

「頼りにされてるんじゃないの？」

「ま、まあね……ははは」

笑ってごまかすが、内心は複雑だ。仲のいい夏希にだけは、色事師のことを知られたくなかった。

「ところで、冬実さんは元気なの？」

話題を変えようと思って尋ねてみる。正月に帰省したときも、冬実には会っていなかった。

「うん、なにも変わらないよ。お店も順調だしね」

夏希は話しながら、なにやら祐二の横顔を見つめてきた。

「なんだよ」

「お姉ちゃんのこと、気になるんだね。ゆうちゃんってさ、昔っから、お姉ちゃんのこと好きだったよね」

からかうように言われて、顔がカッと熱くなった。

「なっ、なに言ってんだ。そんなんじゃねえよ」

確かに、やさしい冬実に惹《ひ》かれている時期はあった。しかし、それは恋愛感情ではなく、年上の女性に憧れていただけだった。

「ほら、赤くなってる」

「バ、バカっ、違うって」

ついむきになって言い返してしまう。すると、夏希はますますおもしろがって、指先で脇腹をツンツン小突いてきた。

「ほれほれ、白状しろ」

「やめろって、ほんとに違うんだって」

祐二は身をくねらせるが、夏希は攻撃の手をゆるめない。こんなくだらないやり取りが、子供のころに戻ったようで楽しかった。

やはり夏希といると気が楽だ。かわいくて明るくて、冗談を言い合える。祐二にとっては特別な存在だった。

(俺が好きなのは——)

心のなかでつぶやくが、それを口にすることはできない。これまでの関係が壊れてしまいそうで怖かった。

3

夕食後、兄の書斎に呼ばれた。

「昨日のことは志乃から聞いている」

章一の声は思いのほか穏やかだった。

「上手くやれたそうじゃないか」

「う、うん……」

祐二は視線をそらしてうなずいた。気まずくて兄の目を見ることができない。ところが、なぜか章一は冷静だった。

(無理してるんじゃないのか？)

どうしても兄の態度が理解できない。

昨夜、自分の妻が弟の筆おろしをしたのだ。それなのに、平常心を保っていられるのが不思議でならない。色事師としての使命感が、兄の精神を支えているのかもしれなかった。

「色事師のお役目、引き受けてくれるな」

覚悟を確認するように、章一がまっすぐ見つめてきた。

「や、やるしか……ないじゃないか」

断れる状況ではなかった。とっくに覚悟は固まっている。兄の怪我が治るまでの三週間、色事師の役目をまっとうするつもりだ。

「うむ。さっそくだが、今夜、依頼が入っている」

章一が表情をいっそう引き締めた。

夜這いの依頼は、手紙でのみ受けつけているという。日時と場所だけが指定されており、相手の女性が誰なのかは、実際に行ってみるまでわからない。事前に相手の名前を知らせないのは、気まずくなるのを避けるためだ。小さな村なので、顔見知りの場合もめずらしくないらしい。

「先に言っておくが、依頼相手のことは誰にも話してはならない。墓場まで持っていくんだぞ」

念を押されて、事の重大さを自覚する。祐二がこっくりうなずくと、章一はあらたまった様子で依頼内容を語りはじめた。

「今夜零時《れいじ》、場所は桜木《さくらぎ》家の一階にある寝室だ」

聞き逃すまいと、兄の言葉に集中する。個人の情報はメモを取ることが禁止されているため、しっかり記憶しなければならなかった。

（桜木家……）

心のなかで復唱して安堵する。

顔見知りではない。ただでさえセックスに慣れていないのだ。最初から知り合いだったら、気後《きおく》れしてしまうところだった。

「これが本番だ。まかせたぞ」

章一の言葉に力がこもる。なぜか心配している様子はまったくなかった。

「心配じゃないの？」

あまり信頼されても困ってしまう。失敗するかもしれないのだ。駄目だったときのことを考えてほしかった。

「おまえなら大丈夫だ」

「でも……」

「やはり絶倫で巨根だったそうじゃないか」

祐二の言葉を遮《さえぎ》り、章一が断言した。

志乃から報告を受けたのだろう。祐二はなにも言えなくなり、うつむいて黙りこんだ。昨夜の話はしたくない。兄は平気な顔をしているが、祐二のほうが耐えられそうになかった。

「でも、夜這い先では予想外のことがたくさん起きる。いいか、決して調子に乗るんじゃないぞ」

そう言われても、調子に乗る余裕などあるはずがない。まともに夜這いできるかどうかもわからなかった。

そのあとも細かい注意を受けたが、ますますプレッシャーになってしまう。もう心が限界に達していた。

「仮眠を取ってから行くよ」

祐二はそう言って、逃げるように兄の書斎をあとにした。

やはり一睡もできなかった。

自室に戻って、村の名簿で桜木家の場所を確認してから横になった。ところが、眠気がまったく襲ってこない。夜這いのことが気になり、不安がどんどんふくれあがっていた。

夜十一時四十分、祐二は身を起こすとスウェットの上にブルゾンを羽織った。

いよいよ、はじめての夜這いだ。緊張で全身がこわばっている。それでも、昨夜の経験があるので、いくらか心に余裕があった。

もう一度、村の名簿を確認する。

桜木家は若い夫婦のふたり暮らしだ。夫の浩平《こうへい》は三十歳で、妻の美由紀《みゆき》は二十七歳と記されている。まったくピンとこないが、なにしろ狭い村だ。すれ違ったことくらいなら、あるかもしれなかった。

(行ってみるしかないな)

祐二は気合を入れ直すと、家をそっと抜け出した
街路灯がないのでまっ暗だ。懐中電灯で照らしながら夜道を歩く。息が白くなるほど気温は低いが、緊張しているためか、あまり寒さは感じない。とにかく、桜木家を目指して歩きつづけた。

(ここか……)

わずか十分ほどの距離だった。

祐二は平屋の一戸建ての前に立っていた。玄関ドアの横には「桜木」と書かれた表札がかかっている。懐中電灯で周囲を照らすが、ほかに家は見当たらない。田んぼがひろがっているだけだった。

(い、いくぞ……)

ドアノブをつかみ、恐るおそるまわしてみる。

ガチャッ――。

微かな音だが、なにしろ周囲が静まり返っているので大きく感じる。早くも額に冷や汗が滲《にじ》んだ。

心のなかで自分に言い聞かせる。

（あ、焦るな……大丈夫だ）

依頼を受けて夜這いするのだ。他人の家に侵入しても大丈夫なはずだ。しかし、これから夜這いをすると思うと緊張した。

鍵《かぎ》はかかっていない。静かにドアを開けて、玄関に足を踏み入れる。ドアを閉めると緊張感が高まった。

今なら、まだ戻ることもできる。だが、色事師の使命をまっとうすると決めたのだ。それに、まったく興味がないといえば嘘になる。どんな女性が待っているのか気になった。

スニーカーを脱いで部屋にあがる。そして、懐中電灯の明かりを頼りに、廊下をゆっくり進んでいく。古い家らしく、歩を進めるたびに廊下が、ミシッ、ミシッとわずかに軋《きし》んだ。

一階に寝室があると聞いている。ひとつ目のドアを開けてみると、そこはリビングだった。懐中電灯で照らすと、廊下の突き当たりにドアが見えた。そこが寝室のような気がする。祐二は足音を忍ばせて進み、ドアの前まで歩み寄った。

ドアノブをつかんで、懐中電灯を消す。そして、ドアをゆっくり開いていく。すると、なかからオレンジがかった光が漏れてきた。

（やっぱり……）

ここが寝室だった。

十畳ほどの部屋の中央にダブルベッドがあり、サイドテーブルに置かれたスタンドが灯《とも》っていた。ぼんやりした明かりが、ベッドの上を照らしている。そこには白っぽいネグリジェをまとった女性が横になっていた。

こちらに背中を向ける格好で、最初から布団はかぶっていない。エアコンが効いており、寝室の温度は適温に保たれていた。

（あ、あの人が……）

おそらく、桜木美由紀に間違いない。祐二は思わず目を見開き、彼女の身体を凝視した。

美由紀は二十七歳の人妻だ。

ネグリジェは薄い素材で、女体のラインがはっきりわかる。横向きになっているため、腰のなめらかな曲線が悩ましい。しかも、背中が透けており、ブラジャーのベルトが見当たらなかった。

さすがにパンティは穿いているが、尻たぶの大部分が溢れる大胆なデザインだ。夜這いされるとわかったうえで、こんな格好をしている。よほど欲求不満がたまっているのだろうか。

(そういうことなら……)

祐二は女体に誘われるように、ベッドに歩み寄っていく。

懐中電灯を床に置くと、少し迷ったがブルゾンとスウェットを脱いで、ボクサーブリーフ一枚になった。

意を決してベッドにあがろうとしたとき、兄に言われたことをはっと思い出した。

「よ、夜這いに参りました」

震える声で語りかける。

それが色事師の決まり文句だという。必ずそう声をかけることで、賊《ぞく》などではなく色事師だと相手に伝える。それでよけいな緊張がとけて、円滑に情事へ入っていけるという。

ところが、美由紀はまったく反応しない。本当に眠っているのではないか。それとも、寝たフリをしているだけだろうか。

(や、やってみるしか……)

祐二は自分を奮い立たせて、恐るおそるベッドにあがった。

まずは彼女の背後で横になる。極度の緊張で指先が震えているが、ネグリジェに包まれている腰にそっと触れてみた。

「ンっ……」

とたんに女体がわずかに震えて、美由紀の唇から小さな声が漏れた。

(起きてる……のか？)

祐二はドキリとして動きをとめると、彼女の様子をうかがった。

やはり動かない。本当に眠っているのだろうか。上半身をゆっくり起こすと、彼女の顔をのぞきこんだ。

やさしげな顔立ちで、睫毛を静かに伏せていた。明るい色の髪が大きくうねり、ネグリジェの胸もとに垂れている。起きているのか眠っているのか、ぱっと見ただけでは判断できなかった。

それならばと、腰の曲線に沿って指先を滑らせてみる。ネグリジェのなめらかな生地の上を、じりじりとなぞった。

「はンっ」

またしても美由紀は小さな声を漏らすが、それでもじっとしている。

もしかしたら、恥ずかしいのかもしれない。夜這いの依頼をするくらいだから、欲求不満なのは確かだ。だからといって、それを素直に出すのは、ためらうものがあるのかもしれない。欲求を抱えていても、夫以外の男に抱かれるのを恥じらっている可能性もあった。

(それなら……)

祐二のほうから積極的にいくしかない。

手のひらで脇腹を撫でつつ、体をそっと寄せていく。目の前に迫った彼女の髪から、甘いシャンプーの香りが漂ってきた。

「あっ……はンンっ」

恥じらっていても身体は敏感らしい。手のひらが脇腹からヒップに差しかかると、女体の震えが大きくなった。

(感じてる……のかな?)

そう思うと興奮が湧きあがる。緊張状態ながらもペニスが芯を通して、ボクサーブリーフの前がふくらんだ。

脇腹を撫であげると、今度は女体の前面にまわしこむ。そして、ネグリジェの上から乳房に触れてみた。

（おおっ、でかいぞ）

祐二は思わず心のなかで唸った。

たっぷりとした感触が手のひらに伝わってくる。大きくて張りがあるのに、簡単に指が沈みこむほど柔らかい。薄い生地ごと乳房をゆっくり揉みあげると、ますます気分が盛りあがった。

「あンっ」

乳首を指先で摘まめば、女体がビクッと反応した。

もう起きているのは間違いない。美由紀は甘い声を漏らして、焦《じ》れたように腰をよじった。

「夜這いに参りました」

祐二は口を耳もとに近づけて再び言ってみた。

「は、恥ずかしいです」

美由紀は消え入りそうな声でつぶやき、背中をまるめてしまう。それでも、乳首をやさしく転がすと、女体に小刻みな震えが走った。

（よ、よし、この調子だ……）

彼女が感じてくれるから自信になる。

祐二は志乃に教わったことを懸命に思い出しながら、できるだけやさしく女体を愛撫しつづけた。

挿入する前に、もっと感じさせなければならない。そのとき、髪の隙間から白いうなじがチラリと見えた。乳房をゆったり揉みつつ、鼻先で髪をかきわけていく。そして、うなじに唇を押し当ててみた。

「ああっ……」

美由紀が甘い声をあげる。

思ったとおりの反応だ。唇を滑らせて、うなじから首すじを刺激する。その間も右手では乳房を揉みつづけた。

すでに祐二のペニスは硬く勃起している。ボクサーブリーフの前が張りつめて、今にも突き破りそうだ。夢中になって愛撫しているうちに、いつしか股間のふくらみが彼女のヒップに触れていた。

「あんっ、な、なんか当たってます」

とまどった声を漏らすが、美由紀はいやがっている様子がない。だから、祐二は調子に乗って、股間をグイグイ押しつけた。

ちょうど尻の割れ目に、屹立したペニスの裏側がぴったりはまっている。柔らかい尻肉に挟まれる感触が心地いい。祐二は乳房を揉みしだき、首すじを舐めながら、無意識のうちに腰を使っていた。

（意外と簡単じゃないか……）

予想していたよりスムーズに事が運んでいる。このまま愛撫をつづけて、頃合いを見計らって挿入するつもりだ。

「ああンっ、そんなにされたら……」

ふいに美由紀が寝返りを打ち、こちらに身体の正面を向けた。

人妻と視線が重なり、一気に緊張感が高まった。その直後、股間に快感が走り抜ける。美由紀がボクサーブリーフごしにペニスを握ったのだ。

「ううっ……あ、あの……」

慌てて呼びかけると、彼女は唇の端に笑みを浮かべた。

「すごく硬くなってますね」

そのままゆったりしごかれる。布地の上からとはいえ、人妻の指がペニスを這いまわる感触は強烈だ。

「ま、待ってください……くぅうッ」

祐二はたまらず呻き、腰を右に左によじり立てた。

4

てっきり美由紀は受け身のタイプだと思っていた。

だが、実際は違ったらしい。愛撫されて火がついたのか、一転して積極的になっていた。

「ああっ、硬いです」

喘ぐようにささやき、ボクサーブリーフの上から太幹に巻きつけた指をスライドさせる。ときおり、硬さを確かめるようにキュッと握ってきた。

「くうッ……ま、待ってください」

祐二は慌ててつぶやくが、彼女は愛撫の手を緩めようとしない。容赦することなく、ペニスをリズミカルにしごいてきた。

(や、やばい、こんなにされたら……)

攻守が完全に逆転している。自分が愛撫しているときはよかったが、受け身にまわったとたん、祐二はとまどっていた。

——決して調子に乗るんじゃないぞ。

兄の言葉が脳裏によみがえった。

章一が伝えたかったのは、まさにこういうことだろう。つい先ほどまで、祐二は調子に乗っていた。自分のペースで最後までいけると思ってしまった。そこに落とし穴が待っていた。

「濡れてきましたよ。そんなに気持ちいいんですか？」

美由紀は楽しげにペニスをしごいている。

亀頭の先端から我慢汁が溢れて、ボクサーブリーフに染みができていた。太幹はますます硬くなり、早くも射精欲がふくらんでいる。これ以上つづけられたら、我慢できなくなってしまう。

（お、俺、どうすれば……）

もう限界が目の前に迫っている。このまま祐二が暴発してしまったら、美由紀は落胆するだろう。

（な、なんとかしないと……）

女性を満足させなければ、色事師の夜這いは失敗だ。祐二は快感に耐えながら、必死に考えた。しかし、美由紀に見つめられながら男根をしごかれると、腰が震えるほど気持ちよかった。

「うぐぐッ」

懸命に奥歯を強く食いしばる。そのとき、美由紀の手がすっと離れた。

「まだイッちゃダメですよ」

からかうような声が聞こえる。呼吸を乱しながら見やると、美由紀は妖しげな笑みを浮かべていた。

「あの、す、すみませんが……」

このまま受け身にまわっていたら、彼女を満足させられなくなってしまう。こうなったら自分は代役だということを話して、協力してもらうしかない。

「じつは、代役で、慣れていなくて……」

「やっぱり、そうなんですね」

美由紀は驚いた様子もなくつぶやいた。

「宮司さん、事故に遭われたんでしょう。色事師は宮司さんだって噂を聞いていたから、誰が来るのか気になっていたんです」

やはり、この村は狭い。章一が事故に遭ったことも、色事師が誰かということも、すべて広まっていた。

「すみません……そういうことなんで、俺には色事師なんて……」

謝罪して帰るしかない。そう思ったのだが、美由紀はボクサーブリーフの上からにぎったペニスを離さなかった。

「気にしなくていいですよ。それならそれで、別の楽しみ方がありますから」

「ど、どういうことですか？」

肩をそっと押されて仰向けになる。

祐二がとまどっている間にボクサーブリーフを脱がされて、勃起したペニスが剝き出しになった。美由紀は身体を起こすと祐二の脚の間に入りこみ、張りつめた亀頭に顔を寄せてきた。

「すごく大きいですね」

熱い吐息が亀頭を撫でる。美由紀は太幹の根元に細い指を添えると、そのまま話しはじめた。

「うちは農家で、冬の間、夫は都会の工場に出稼ぎに行ってしまうの」

この村では、もっとも多い生活スタイルだ。こういう夫婦のために、色事師は存在している。だが、今夜は祐二が未熟なせいで、おかしなことになってしまった。

「やっぱり淋しくて……でも、誤解しないでくださいね。愛しているのは、夫だけなんです」

そう言った直後、人妻の唇が亀頭にかぶさってきた。

「な、なにを……ううぅッ」

祐二の声は途中から呻き声に変わってしまう。

かつて経験したことのない快感が、股間から全身にひろがっていく。驚いたことに、美由紀がペニスを口に含んだのだ。柔らかい唇がカリのあたりに密着している。亀頭は彼女の吐息に包まれて、しかも熱い舌がヌルリッと這いまわった。

「くうッ……」

たまらず全身が硬直した。なんとか首を持ちあげて股間を見おろせば、亀頭を咥《くわ》えた美由紀と目が合った。

(ま、まさか、こんな……)

もう言葉を発する余裕もない。ペニスが蕩けそうで、頭のなかが燃えあがったように熱くなっていた。

はじめてのフェラチオだ。

いつか体験したいと思っていたことが、いきなり現実になっている。自分のペニスが、女性の口のなかに入っているのだ。しかも、咥えているのが美しい人妻だと思うと、さらに快感が大きくなった。

「ううッ、す、すごい……」

呻きまじりにつぶやけば、股間から含み笑いが聞こえてきた。

「ふふっ……」

美由紀が目を細めながら、さらにペニスを呑みこんでいく。

ぽってりした唇を、ヌルリッ、ヌルリッと滑らせて、ついに太幹を根元まで口内に収めてしまった。

「ンンっ……大きい」

くぐもった声でつぶやくと、美由紀は首をゆったり振りはじめる。同時に舌も使って、亀頭は砲身をねちっこく舐めまわしてきた。

（こ、こんなことが……）

蕩けるような快楽が、次から次へと押し寄せてくる。祐二は信じられない思いで、フェラチオする美由紀を見つめていた。

唾液にまみれた太幹の表面を、唇が何度も往復する。舌先で尿道口をチロチロくすぐられるのもたまらない。それだけでも気持ちいいのに、彼女は頬がぼっこりくぼむほどペニスを吸いあげてきた。

「はむううッ」

「くううッ、き、気持ちいいっ」

これ以上されたら暴発してしまう。慌てて訴えるが、なぜか美由紀は首を振る動きを加速させた。

「ンっ……ンっ……」

唇がリズミカルに太幹の表面をスライドする。一往復ごとに快感が高まり、先走り液が溢れ出す。それでも、美由紀はまったくいやがることなく、男根をジュブジュブとしゃぶりつづける。

「ううう、も、もうダメですっ」

祐二は必死に訴えた。しかし、美由紀は聞く耳を持たずに首を振り、執拗なまでに吸い立ててくる。もう先走り液がとまらない。脳髄まで蕩けるような快楽がひろがり、ついに彼女の口内で射精がはじまった。

「おおおッ、おおおおッ！」

はじめてのフェラチオで、あっという間に追いつめられた。快楽の呻き声を漏らしながら、全身がビクビクと跳ねあがった。

「あむううッ」

美由紀は唇を密着させて吸茎する。射精すると同時に吸いあげられて、ザーメンが勢いよく尿道を駆け抜けた。

「くうううッ」

凄まじい快楽の嵐が巻き起こる。祐二はたまらず彼女の頭を抱えこみ、寝室に雄叫びを響かせた。

5

「たくさん出ましたね」

口内に放出されたザーメンを躊躇することなく飲みくだすと、美由紀は唇の端に笑みを浮かべた。

(の、飲んだのか……)

祐二は仰向けになったまま、信じられない光景を見つめていた。

自分が色事師として人妻を満足させるはずが、逆にフェラチオされて口のなかに精液を放出してしまった。しかも、彼女は大量に注ぎこまれたザーメンを一滴残らず嚥下したのだ。

「久しぶりだから……」

ペニスをしゃぶったことで興奮したのか、美由紀の瞳はトロンと潤んでいる。スタンドのオレンジがかった光が、女体をぼんやり照らしていた。

ネグリジェ姿で横座りする姿が色っぽい。生地が薄いため、白い肌がすっかり透けていた。乳房はたっぷりして、乳首は硬く隆起している。くびれた腰の曲線も悩ましく、淡いピンクのパンティが貼りついた股間も気になった。

「まだ、できますよね」

美由紀は当たり前のように言うと、ペニスに指を巻きつけてきた。

「うッ……」

慌ててつぶやくが、彼女は指をゆったりスライドさせる。射精した直後だというのに、まだ勃起している男根に快感がひろがった。

「ま、待って……く、ください」

つぶやく声が震えてしまう。絶頂の余韻がまだ色濃く残っているのに、再び刺激を与えられているのだ。いっときも休むことを許されず、尿道口から再び透明な汁が滲み出した。

「本当にすごいんですね」

美由紀の瞳がいっそう潤んだ。

ペニスが充分に勃起していることを確認すると、美由紀はネグリジェの裾《すそ》に手を入れて、パンティをスルスルとおろしはじめる。極薄の生地ごしに、黒々とした陰毛が浮かびあがった。

（お、俺は……）

祐二は自分のやるべきことを思い出して、シーツの上で体を起こした。

目が合うと、美由紀は期待に満ちた笑みを浮かべる。そして、背中を向けると四つん這いの姿勢を取った。

「後ろから、お願いしてもいいですか？」

恥ずかしげにつぶやくが、行動は大胆だ。

ネグリジェに包まれた尻を見せつけるように、高くかかげている。薄くてなめらかな生地に、たっぷりした双臀《そうでん》のまるみが浮かびあがっていた。

（後ろから……）

まだ経験したことのない体位に緊張が走った。

なにしろ、祐二は昨日、童貞を卒業したばかりだ。体位は騎乗位と正常位しか知らない。そんな自分にバックが上手くできるのか不安になる。だが、一方では興奮も湧きあがっていた。

(どうせ、代役だってバレてるんだ)

こうなったら、開き直ってやるしかない。祐二は彼女の背後で膝立ちになり、ネグリジェの裾をまくりあげた。

(おおっ!)

肉感的な白い尻が露になり、祐二は思わず胸のうちで唸った。

視線を感じたのか、美由紀が恥ずかしげに腰をよじる。とたんに肉づきのいい尻たぶがタプンッと揺れた。

祐二は両手でなめらかな尻を撫でまわすと、指を柔肉に食いこませる。しっかりつかんで、臀裂をそっと割り開いていく。深い谷間にスタンドの光が差しこみ、紅色の陰唇が照らし出された。

(こ、これは……)

あまりにも淫らな光景に、視線が釘付けになった。

たっぷりの華蜜で濡れ光り、合わせ目が少し口を開けている。そこから透明な汁が、まるで岩清水のようにジクジク湧き出していた。

「そ、そんなに……見ないでください」

美由紀は自ら四つん這いになっておきながら、震える声で抗議する。それでも姿勢を崩すことなく、ネグリジェがまくれあがったまま、生尻を高く持ちあげてさらしていた。

「早く……お願いです」

視線に耐えられなくなったらしい。美由紀が小声でうながしてきた。

「じゃ、じゃあ……」

祐二はそそり勃《た》ったペニスの先端を、濡れそぼった女陰に押し当てる。そして、亀頭を上下に動かしながら膣口の位置を確認した。

「ンンっ……い、意地悪しないでください」

焦らされていると勘違いしたのか、美由紀が濡れた瞳で振り返る。そのとき、亀頭が柔らかい場所を捕らえて、ほんの数ミリ沈みこんだ。

「あああッ」

ネグリジェをまとった背中が大きく反り返った。

(こ、ここか。見つけたぞ)

膣口がわかれば、なんとかなるかもしれない。祐二はペニスを慎重にじわじわと押し進めた。

「あっ……あっ……」

美由紀の唇から切れぎれの声が溢れ出す。

亀頭がみっしりつまった媚肉をかきわけて、太幹が膣口を擦りあげる。それが刺激となり、彼女の尻肉に小刻みな震えが走り抜けた。

(ううっ、す、すごい)

女壺のなかは熱く潤んでいる。ペニスが侵入すると、膣襞が反応して即座にからみついてきた。それを振り払って、さらに蜜壺の奥へと入っていく。鋭く張り出したカリが、柔らかい膣壁にめりこんだ。

「ああぁッ、こ、これ……これがほしかったんです」

美由紀は甘い声でつぶやき、両手でシーツを強くつかむ。さらなる挿入をねだるように、自ら尻を後方に突き出した。

「ぬううッ、は、入りました」

ペニスがすべて膣内に収まり、思いきり締めつけられる。祐二は低い呻き声をまき散らして、全身の筋肉に力をこめた。

気を抜くと、あっという間に追いあげられてしまう。先ほどフェラチオで発射しているのでなんとか耐えられるが、あれがなければ今ごろ射精欲を抑えるのに必死になっていただろう。

「う、動いてください」

美由紀が潤んだ瞳で振り返る。夫以外のペニスが入っているのに、もっと強い刺激を欲してピストンをねだってきた。

「じゃ、じゃあ……」

祐二はネグリジェの上から腰をつかむと、さっそく腰を振りはじめる。とはいっても、はじめてのバックだ。自分でもみっともないと思うほど、ぎこちない動きになってしまう。ところが、彼女は悩ましく腰をくねらせた。

「ああンっ……焦らしたらいやです」

どうやら、祐二がわざとやっていると思っているらしい。チラチラと振り返り、ついには我慢できないとばかりに自分から尻を前後に振り出した。

「ううッ……」

ペニスが媚肉でしごかれるのが気持ちいい。我慢汁が溢れるのを自覚して、祐二は快楽の呻き声を漏らした。

これではどちらが夜這いしているのかわからない。反撃を試みようと、彼女の腰をつかみ直すと、あらためて腰を振りはじめた。ペニスをゆっくり引き出しては、再び根元まで埋めこんでいく。それをくり返すうちに、動きがだんだんスムーズになってきた。

「あッ……あッ……いいっ、も、もっと」

美由紀の要求に従い、抽送速度を少しずつアップする。愛蜜の弾《はじ》ける音が響いて、女壺のなかがうねりはじめる。膣襞がうねり、太幹を締めつけてきた。

「くうッ……ううッ」

腰を振るほど美由紀が反応するが、祐二が受ける快感も大きくなる。精神力で射精欲を抑えつつ、背中に覆いかぶさり両手を女体の前にまわしこんだ。

ネグリジェの上から、たっぷりした乳房を揉みあげる。柔肉に指を沈みこませてこねまわせば、女体の反応はより顕著《けんちょ》になった。膣襞がいっせいにざわめき、ペニスにからみついてきた。

（こ、これは……）

愛蜜まみれになった太幹が、無数の膣襞でくすぐられている。射精欲はふくれあがる一方で、全身の毛穴から汗が噴き出した。

このままでは自分のほうが先に達してしまう。祐二は焦りを覚えるが、ピストンを緩めるわけにもいかない。なんとか美由紀をもっと感じさせようと、乳房を揉みあげては乳首を摘まみ、指先でクニクニと転がした。

「あぁッ、い、いいっ、気持ちいいですっ」

美由紀の喘ぎ声が大きくなる。頭が跳ねあがり、背中が艶めかしく仰け反った。

（くうッ、や、やばい……）

祐二の限界も近づいている。奥歯を食いしばり、懸命に耐えながら腰の動きを加速させた。

「はあぁッ、も、もうダメですっ、あああぁッ」

切羽つまった喘ぎ声が響き渡る。美由紀はシーツに突っ伏して、尻だけを高くかかげた状態だ。快感の大波が押し寄せてきたのか、ついに女体がガクガクと激しく痙攣した。

「あああぁッ、イ、イクっ、イッちゃうっ、あああッ、はああああああぁッ！」

頬をシーツに押しつけて、よがり泣きをほとばしらせる。美由紀は絶頂を告げながら昇りつめていく。膣が猛烈に締まり、深く埋まっているペニスをこれでもかと絞りあげた。

「くおおおッ、お、俺もっ、おおおおッ、ぬおおおおおおおッ！」

こらえにこらえてきた欲望が爆発する。祐二も引きずられるようにして、一気に絶頂へと追いあげられた。

女壺全体がうねり、ペニスを咀嚼《そしやく》するように波打った。膣襞が這いまわって、カリの裏側までくすぐられるのがたまらない。ザーメンが勢いよく噴きあがり、祐二はめくるめく絶頂感に全身を震わせた。

(満足してくれたんだろうか)

祐二はベッドに座り、不安な気分でいた。

なんとか美由紀を絶頂させることはできたが、満足はしていないのではないか。なにしろ、彼女の協力がなければ、なにもできなかったのだ。そもそも、童貞を捨てたばかりの自分に、色事師など務まるはずがなかった。

(やっぱり断ったほうがいいな……)

祐二はうつむいたまま下唇を嚙《か》みしめた。

家に帰ったら、色事師を辞退する旨を伝えるつもりだ。

きっと兄は落胆するだろう。だが、とてもではないが三週間もつづかない。依頼してくる女性たちをがっかりさせるのは目に見えていた。

「素敵でしたよ」

そのとき、美由紀のやさしい声が聞こえた。

背後から身を寄せてくる。ネグリジェに包まれた乳房が、背中にそっと押し当てられた。

「とってもよかったです。こんなに乱れてしまうなんて……ありがとうございました」

美由紀の言葉が胸に染み渡っていく。

その言葉に沈みこんでいた心が軽くなり、ふわふわと浮かびあがるのがわかった。

第三章　熟女の淫ら願望

1

目が覚めると、カーテンごしに明るい光が差しこんでいた。

今日も天気がいいらしい。時計を見やれば、すでに午前十時をまわっていた。昨夜は帰りが遅くなったため、つい寝過ごしてしまった。

はじめての夜這いから一週間が経っていた。

依頼があるのは、二、三日に一度くらいの頻度《ひんど》だ。あのあと三回、色事師の役目をはたした。場所はすべて依頼者の自宅で、夫は出稼ぎに行っているというパターンだった。

美由紀のあとのふたりは、なんとか満足させることができた。緊張はしたが、大きな失敗はなかったと思う。

しかし、昨夜は少々勝手が違っていた。

二十五歳の新妻だったが、かなり精力旺盛だった。祐二が鍵のかかっていない玄関から侵入して寝室に向かうと、和室に敷いた布団で横になっていた。毛布をかぶっていたが、起きているのは気配でわかった。

豆球がついており、部屋のなかがぼんやり照らされていた。

まだまだ経験不足だが、それでも少しずつ慣れてきたところだ。祐二はさっそく服を脱いで裸になると、布団の端に横たわった。

「夜這いに参りました」

静かに声をかけて、毛布のなかに手を差し入れる。すると、いきなり指先に素肌が触れた。

まさかと思ったときだった。新妻に手首をつかまれて乳房へと導かれた。彼女は最初から服を身に着けていなかった。全裸で色事師が来るのを待っていたのだ。よほど欲求不満がたまっていたらしい。早々に挿入を求められて、祐二は愛撫もそこそこに正常位で貫いた。

「あああァッ！」

新妻の激しい喘ぎ声は、今でも耳の奥に残っている。

凄まじい勢いでペニスを締めつけてきたが、祐二は射精欲を抑えこみ、力強いピストンをくり出した。

彼女は両手両足でしがみつき、艶めかしい喘ぎ声を放った。一気に追いあげるつもりで腰を振り、ペニスを深く突きこんだ。

祐二は射精することなく、女性だけを絶頂させることに成功した。

ところが、彼女は結合を解くことなく、ごろりと転がって体勢を入れ替えた。騎乗位になり、今度は自ら腰を振りはじめる。まるで男根を貪るように、がに股になって腰を上下に弾ませた。

一回戦目は耐えられたが、攻守が逆転すると弱かった。それでも、祐二は懸命にこらえて、真下から男根を突きあげた。

最初のころだったら、ひとたまりもなかっただろう。二回戦目は彼女と同時に達して、なんとか満足させることができた。

しかし、あらためて色事師のお役目のむずかしさを知った夜になった。

依頼者の女性に合わせて、プレイスタイルを変化させなければならない。圧倒的に経験が少ない祐二には大変なことだった。

（でも、兄さんも……）

最初は苦労したに違いない。まじめな兄から色事師の話を聞かされたときは信じられなかった。

章一は二年前にお役目を引き継いだ。たったひとりで、どれほどの重圧と闘ってきたのだろうか。せめて怪我が治るまでは、祐二が色事師の代役をしっかり務めなければならなかった。

居間におりると、志乃が遅い朝食を用意してくれた。

「おはよう。昨日は遅かったの？」

「うん、まあ……」

詳しく話す気はしないので言葉を濁す。すると、雰囲気を悟ったのか、志乃はなにも尋ねてこなかった。

「兄さんは神社？」

居間に兄の姿は見当たらない。足を怪我しているのだから、たまにはゆっくりしてもいいのではないか。

「祐二くんにお手伝いしてもらってるから、自分がさぼるわけにはいかないって」

志乃はそう言って笑みを浮かべた。

「兄さんが、そんなことを……」

祐二は思わず黙りこんだ。

兄は松葉杖をつきながら、夜這い以外は通常どおりに働いているという。昔から責任感の強い性格だった。

(せめて、夜這いだけは俺が……)

決意を新たに胸のうちでつぶやいた。

「ほんと、似たもの兄弟ね」

「え?」

「ふたりとも、まじめってこと」

からかわれているようで恥ずかしくなる。だが、色事師としての責任感が芽生えているのは確かだった。

昼間はとくにすることがない。朝食を摂ると、祐二はぶらりと散歩に出た。

雲ひとつない青空がひろがっている。眩い日差しが降り注ぎ、ポカポカして暖かかった。

こんなに天気がいいのに、相変わらず人が少ない。今は出稼ぎの時期なので、とくに静まり返っている。しかし、このままでは寂れていく一方だ。今後、この村がどうなってしまうのか心配になるが、とにかく祐二は色事師のお役目をまっとうするしかなかった。

気づくとスーパーの前に来ていた。

とくに買いたい物があったわけではない。ただ、ここに来れば、夏希に会える気がした。

（そんな都合よくいるわけないか）

夏希の姿は見当たらない。

買い物もないのに、わざわざ店のなかに入る気もしなかった。あきらめて戻ろうとしたとき、背後から背中を小突かれた。

「スキあり！」

「痛っ」

振り返ると、夏希がいたずらっぽい笑みを浮かべていた。

「なにやってんだよ」

文句を言いながらも顔がニヤけてしまう。

今日の夏希は、かわいらしい白のワンピースを着て、その上にピンクのカーディガンを羽織っていた。活発な印象の強い彼女が、ワンピースを着ているのはめずらしかった。

「そっちこそ、なにやってんのよ」

夏希もすかさず突っかかってくる。

昔からやっていることだが、こんなどうでもいいやり取りが楽しくて仕方ない。夏希もニコニコと笑っていた。帰省してから、彼女と話しているときだけは心がリラックスできた。

「今日も買い物を頼まれたのか？」

祐二はさりげなく彼女の全身を見まわしながら語りかける。

ワンピースの胸もとは、ふんわり盛りあがっている。それほど大きくないが、女性らしいまるみを帯びていた。腰はしっかりくびれており、つい悩ましいラインを想像してしまう。

(な、なにを考えてるんだ)

心のなかで自分を戒《いまし》める。

しかし、何人かの女性と関係を持ったことで、女体をよりリアルに想像できるようになっていた。幼いころは、いっしょに川で泳いだこともある。昔はなにも感じなかったのに、今は服の上からでも気になってしまう。

「当ててやる。牛乳を買いに来たんだろ」

「全然、違うよ」

夏希は顎をツンとあげて言い放った。

「じゃあ――」

「だから、違うって」

なぜか夏希はむっとした様子だ。なにを怒っているのだろうか。

「買い物じゃないよ。そんなことより、ほら」

その場でクルリと一回転してみせる。ワンピースの裾がふわっと開き、白い太腿がチラリとのぞいた。

(おっ……な、なんだ?)

思わず視線が惹きつけられる。だが、彼女がなにを言いたいのかは、まったくわからなかった。

「もうっ……この格好を見ても、なんとも思わないの?」

夏希が唇をとがらせる。そんな顔も愛らしいが、このままだと本気で怒り出しそうだった。

「ずいぶん、かわいい格好してるな」

幼なじみを褒めるのは照れくさい。顔が熱くなるのを自覚するが、懸命に平静を装った。

「本当にそう思う?」

「お、おう……」

祐二が答えると、なぜか夏希は笑みを漏らした。

「ふふっ、そうでしょ」

お気に入りの服なのだろうか。よくわからないが、機嫌が直ってほっとした。

「それで、なっちゃんはなにやってるの?」

「なにって……散歩、かな」

今度は夏希の顔が赤くなった。

「めずらしいな。店は暇なのか?」

「まあね。ゆうちゃんも、どうせ暇なんでしょ」

「暇で悪かったな」

わざと突っかかってみるが、夏希は楽しげに笑っていた。

(ああっ、やっぱりいいな……)

よけいなことを考えず、純粋にふたりの時間に浸ることができる。こうして幼なじみとおしゃべりしている時間が貴重だった。

(俺、なっちゃんのことが……)

彼女への恋心をはっきり自覚した。

なにしろ、物心つく前からのつき合いだ。昔からいっしょにいるため、なかなか恋愛感情に発展しなかった。でも、今は自分の気持ちがはっきりわかる。夏希のことが好きだった。

2

夕食後、兄の書斎に呼ばれた。

座卓の向こうで、作務衣を着た章一が正座をしている。祐二も正座をして、兄の言葉を待っていた。

「今夜だ」

章一が静かに口を開いた。

そのひと言で、夜這いの依頼だと理解する。書斎に呼ばれた時点で覚悟はしていたが、またこの日が来てしまった。

「場所は？」

祐二も静かに聞き返した。

これまでほど動揺しないが、重圧は感じている。色事師は必ず女性を満足させなければならない。しかし、祐二はまだまだ経験が浅かった。これで五回目となるが、プレッシャーが両肩に重くのしかかっていた。

「中学校の宿直室を指定してきた」

章一の口から語られたのは意外な場所だった。

「中学校？」

思わず聞き返した。

この村に中学校はひとつしかない。章一も祐二もそこの卒業生だ。村の者たちは、みんなそこに通っていた。そんな場所を夜這い場所に指定してくるとは、いったいなにを考えているのだろうか。

「家じゃない場所なんて、はじめてだよ」

祐二は不安を口にするが、兄はなにも答えてくれない。ただ無言でうなずくだけだった。

指定された場所が自宅なら、村の名簿を確認すれば依頼者の予想がつく。これまで行ったところは、すべて夫婦のふたり暮らしだった。しかし、学校となると、誰が依頼してきたのかまったくわからない。

（学校なんて、おかしいだろ）

いやな予感が湧きあがってくる。

もしかしたら、いたずらではないか。色事師に恨みを持っている者がいるのかもしれない。行ったら襲われるのではないか。

不安はつきないが、それを兄にぶつけたところでどうにもならない。依頼主は、日時と場所だけを指定するという決まりで、色事師は村のなかならどこでも向かうことになっている。

こちらから連絡を取るのは、依頼の日時が重なったときの調整だけだ。夜這いの依頼は秘匿《ひとく》性が高くなければならない。信頼の上に成りたっており、事前に質問はしないことになっていた。

つまり、依頼内容の精査はできないということだ。万が一、依頼者が悪意を持っていた場合は防ぎようがない。もっとも、これまで事故は一度も起きたことがないと聞いていた。

「時刻は今夜十一時。頼んだぞ」

章一の口調はあくまでも冷静だ。

きっと弟の心配をするより、色事師の責務をまっとうすることを考えているのだろう。

「わかったよ」

祐二は憮然としてつぶやいた。

兄は宮司だ。神社を守っていくということは、色事師の風習と伝統を継続していくということでもある。思えば隠居した父も、家族のことより神社のことばかり気にかけていた。

(兄さんも、やっぱりそうなんだな)

宮司が責任ある立場だというのは理解しているつもりだ。抗《あらが》えない運命とはいえ、淋しい気持ちになった。

「じゃあ……」

立ちあがって書斎から出ていこうとする。そのとき、兄に呼びとめられた。

「祐二」

名前を呼ばれて振り返る。すると、章一はなぜか視線をすっとそらした。

「ケータイを持っていけ」

意外な言葉だった。

じつは夜這いの際、携帯電話を持っていくことは禁止されている。途中で鳴ってしまうと、雰囲気が壊れるという理由からだった。七代目の色事師である兄が、そのことを忘れているはずがない。

「なにかあったら、すぐに連絡するんだ」

章一はひとりごとのようにつぶやいた。

「兄さん……」

言葉が少ないが、心配されているとわかり、うれしくなった。祐二は兄に向かって頭をさげると、書斎をあとにした。

3

もうすぐ、夜十一時になるところだ。

祐二は母校の校門を潜り、月明かりに照らされた校舎を見あげていた。かつて友人たちとともに学んだ場所だった。

卒業してまだ五年しか経っていない。それなのに、ひどく昔の話に思えるのはなぜだろう。

東京の大学に進学して、村以外の場所を知った。大都会は刺激的で、驚きの連続だった。ただ一方で、なんとなく都会になじめない居心地の悪さも感じていた。

そんなとき、急遽、兄に呼び戻されて、色事師をやることになった。その流れで童貞を卒業して、数人の女性と情事を重ねた。

短い間に、いろいろな経験を積んだ。そのせいで、中学時代の思い出が遠いものに感じるのかもしれない。

(行くか……)

夜の学校に入るのは、これがはじめてだ。

昇降口に向かうと、ガラス戸に手をかける。すると、鍵が開いており、簡単にスライドした。

当たり前だが、なかはまっ暗だ。持参した懐中電灯で照らして、来客用のスリッパに履き替えた。

暗い廊下を宿直室に向かって歩いていく。夜の校舎は静まり返っており、自分のスリッパの足音だけが、こだまするように響いていた。懐かしさより恐怖が湧きあがってくる。

（なんか、やだな……）

外よりも寒く感じるのは気のせいだろうか。

夜中になるとトイレに幽霊が出るとか、理科室の人体模型が歩き出すとか、階段の踊り場にある鏡に髪の長い女の人が映るとか、すっかり忘れていた噂話の数々を思い出した。

背すじに寒いものを感じて、祐二は思わず歩調を速めた。

職員室の前を通り、廊下をさらに奥まで進んだところに宿直室はある。窓のない引き戸の前に立ち、懐中電灯を消した。

いったい誰が待っているのだろうか。

恐怖のほうがうわまわっていたが、あらためて緊張感が湧きあがる。夜中の学校で待っているなど普通ではなかった。

躊躇《ちゅうちょ》しながらも、宿直室の引き戸の取っ手に指をかける。恐るおそる開くと、なかから光が溢れ出した。

蛍光灯が室内を明るく照らしている。宿直室は畳敷きの六畳間で、ひとりの女性が座布団に横座りしていた。

「……祐二くん？」

声をかけられて、祐二は息を呑んだ。

「せ、先生……」

一瞬、自分の目を疑ったが間違いない。濃紺のスーツを着て、目を見開いているのは、中学一年のときの担任教師、山本可奈子《やまもとかなこ》だ。

祐二が中学に入学した年、可奈子は東京から赴任してきた。当時三十歳で、都会の洗練された女性という印象だった。姿形はもちろん仕草も優雅で、まさにクールビューティという言葉がぴったり当てはまった。

しかも、見た目だけではなく、まじめで生徒思いのやさしい性格をしていた。男子生徒の憧れの的で、祐二も可奈子のファンのひとりだった。

三十七歳になっているはずだが、美しさは変わっていない。むしろ表情に柔らかさが加わり、より魅力的になっている。ストレートの黒髪は、当時のまま艶々と輝いていた。

「ど、どうして、先生が……」

頭のなかが混乱している。

まさか、可奈子に会うとは思いもしなかった。もしかしたら、当番で宿直室に泊まっていたのだろうか。いや、今は春休み中のはずだ。教師が学校にいること自体、不自然だった。

（でも、ほかに……）

女性の姿は見当たらない。狭い宿直室のなかにいるのは可奈子だけだった。

ということは、考えられるのはひとつしかない。だが、どうしても信じられずに立ちつくした。

「祐二くんこそ、どうしてここに？」

可奈子がそう言って立ちあがった。彼女も困惑していた。

黙りこんでなにかを考えている。そして、しばらくしてから意を決したように口を開いた。

「お兄さんが怪我をしたって聞いたけど」

「は、はい……足を骨折して、全治三週間です」

祐二は不安を抱えつつ、兄の怪我について説明する。すると、可奈子は静かにうなずいた。

「祐二くんは、お兄さんのお手伝いをするために帰省したのね」

「そ、そうです」

緊張しながら答えれば、可奈子はふっと笑みを浮かべる。そして、独りごとのようにつぶやいた。

「知らなかったわ」

祐二が帰省していたことを言っているのだろうか。狭い村だが、可奈子の耳には入っていなかったらしい。

「背が伸びたのね。わたしより小さかったのに」

可奈子はゆっくり歩み寄ってくると、祐二の顔を懐かしそうに見つめてきた。

祐二は中学時代、背が低かった。それがコンプレックスで内向的になってしまった面もある。クラスのなかではおとなしくて目立たなかったが、そんな祐二にも可奈子はやさしく接してくれた。

「もう二十歳だものね」

可奈子はそう言って見つめてくる。

祐二は照れくさくなって視線をそらした。スラリとして都会的だった可奈子が、眩《まぶ》しそうに見あげてくるのだ。自分のほうが背が高くなっているのが不思議な気分だった。

だが、今は可奈子がここにいる理由を確認しなければならない。祐二の予想が正しければ、非常に気まずい状況だ。

自分の考えが間違いであってほしい。憧れの先生の思い出を穢《けが》したくない。そう願う一方で、依頼者が可奈子だったらと想像せずにはいられない。中学時代は触れることもできなかった憧れの女教師とセックスできるかもしれないのだ。

（そんなことになったら、俺……）

つい目の前の可奈子をまじまじと見つめてしまう。

濃紺のジャケットの胸もとが大きく盛りあがっている。白いブラウスのボタンは、今にも弾け飛びそうになっていた。

昔から大きかったが、さらに大きくなったのではないか。

中学時代、可奈子の乳房を想像したことは、一度や二度ではない。それをオカズに自慰行為をしたこともある。でも、今夜は想像ではなく、本物を見ることができるかもしれないのだ。

「せ、先生……も、もしかして……」

かすれた声で呼びかける。視線が重なると、可奈子は頬をほんのり染めあげた。

「じつは……そうなの」

消え入りそうな声になりながらも、可奈子は夜這いの依頼をしたことを、はっきり認めた。

「夫が出稼ぎ中は、どうしても……」

そう言われて思い出す。

何年か前、可奈子は村の男と結婚したと聞いた。今は出稼ぎ中で、彼女もこれまでの人妻たちと同じく淋しい思いをしているのだろう。

「でも、色事師が俺だってことは……」

「知らなかったわ」

可奈子は首を小さく左右に振った。

村に住んでいる大人なら色事師のことは知っている。兄の章一が七代目ということも周知の事実だ。その章一が怪我をして、祐二が代役をしているという噂も、かなりひろまっていた。だが、可奈子はたまたま耳にしていなかったのだろう。

「お兄さん、足を怪我したって聞いていたから、今日はどうなるのかなって思っていたの。そうしたら、祐二くんが来たから……驚いちゃったわ」

可奈子は困ったような笑みを浮かべた。

「祐二くんも驚いたでしょう。ごめんなさいね」

「い、いいえ……俺のほうこそ、すみませんでした」

慌てて首を振り、ひきつった笑みを浮かべる。せっかく再会できたのに、気まずい空気にしたくなかった。

「どうして、ご自宅じゃなくて学校なんですか？」

沈黙を嫌って口を開く。すると、可奈子はふっと淋しげな笑みを浮かべた。

「依頼しておいて、おかしいと思われるかもしれないけど、自宅だと夫に悪い気がしたから……」

夫以外の男に抱かれる罪悪感から、自宅以外の場所を指定したらしい。葛藤《かっとう》があったのに色事師を依頼したということは、我慢できないほど欲求不満がたまっているということだろう。

だが、色事師が元教え子だったことで一気に萎《な》えたのではないか。困惑している可奈子を見ていると、申しわけない気持ちになってきた。

「あ、あの、取りやめもできるので……遠慮せずにおっしゃってください」

できるだけさらりと言ったつもりだ。

この様子だと依頼はキャンセルになるだろう。依頼者が断れば、その時点で夜這いは中止になる。可奈子は章一が来ると思っていたのだ。さすがに元教え子とセックスする気はないだろう。

どうせ断られるのなら早く帰りたい。こうして、可奈子の前にいるのが、気まずくてならなかった。

「それにしても、立派な青年になったのね」

可奈子が目を細めて見つめてくる。

教え子の成長を感じているのだろうか。やさしい眼差《まなざ》しを向けられると、なにやらくすぐったい気分になった。

「じゃ、じゃあ、俺は――」

会話を切りあげて帰ろうとする。ところが、可奈子が言葉を重ねてきた。

「せっかくだから、教室に行ってみない？」

「えっ、で、でも……」

「行きましょう」

可奈子は祐二の手を握ると、宿直室のドアを開ける。そして、暗い廊下をどんどん歩きはじめた。

(せ、先生が、俺の手を……)

かつての憧れの女教師に、手をしっかり握られている。柔らかい手のひらの感触と体温が伝わってきて、気持ちがどんどん盛りあがった。

「学校は久しぶりでしょう。懐かしい？」

「え、ええ……」

懐かしさより、可奈子のことが気になって仕方がない。こうして先生と手をつないで歩いていることが信じられなかった。

先ほどはあれほど怖かったのに、可奈子がいっしょだと気分が高揚している。別の意味で胸がドキドキしていた。

やがて、当時一年二組だった教室が見えてくる。

可奈子がドアを開けると、窓から差しこむ月明かりが、教室内をぼんやり照らしていた。

「こ、ここだ……」

当時の景色があっという間によみがえった。

教室に足を踏み入れるだけで、甘酸っぱいものが胸に押し寄せてくる。意味もなく涙が溢れそうになり、慌てて気持ちを引きしめた。

「覚えてる？」

可奈子に声をかけられて、祐二はうんうんと何度もうなずく。声を出すと震えてしまいそうで、しゃべることができなかった。

(そうだよ……俺、ここに座ってたんだ)

最前列の机に歩み寄る。

祐二の席は中央の一番前だった。教卓の目の前なので、いつも可奈子の顔に見とれていた。

「そうそう。祐二くんの席はそこだったわね」

可奈子が声をかけてくる。当時を思い出しているのか、遠い瞳になっていた。

「覚えてるんですか？」

七年も前のことだ。あれから多くの生徒に接しているはずなのに、まだ記憶しているのだろうか。

「担任だったクラスのことは、みんな覚えてるわ」

「すごいですね」

「祐二くんのことは、とくにね」

いったい、どういう意味だろうか。祐二は思わず言葉につまり、可奈子の顔を見つめ返した。

「ちょっと座ってみて」

うながされて、かつての自分の席に腰をおろす。思ったよりも椅子が低くて、すわりづらかった。

「そうそう、こんな感じだったわ」

可奈子は教卓に立つと、教室中に視線をめぐらせる。そして、最前列に座っている祐二の顔を見おろしてきた。

「あのころも、そうやってわたしの顔を見つめていたわよね」

そう言って、可奈子は微笑んだ。

「どうして、そのことを……」

「あんなに見つめられたら気づくわよ」

指摘されて恥ずかしくなる。

てっきり、ばれていないと思っていたが、可奈子は気づいていたのだ。当時の祐二は授業もそっちのけで、可奈子の顔をぼんやり眺めていた。凝視していたつもりはないが、視線を感じていたのだろう。

「いろんな生徒がいたけど、祐二くんの視線が一番熱かったわ。だから、とくによく覚えていたのよ」

可奈子は微笑を浮かべて語りかけてくる。

当時、祐二は中学一年生だった。ませた子供と思われていたのではないか。羞恥で顔が熱くなり、可奈子の顔を見ることができなくなった。

（もう、帰りたい……）

祐二はうつむいて顔を隠すと心のなかでつぶやいた。

このまま消えてしまいたい。憧れの先生に気持ちを見抜かれていた。これほど恥ずかしいことはなかった。

「ちょっと、うれしかったな」

声が近くなっている。いつの間にか、可奈子はすぐ隣に立っていた。

「東京から赴任してきたばかりだったでしょう。知り合いがひとりもいなくて、受け入れてもらえるか心配だったの。なじめていない感じがしていたのね」

当時の可奈子がそんなことを考えていたとは意外だった。

都会的な美貌の女教師で、自信に満ち溢れて見えた。村にはいないタイプの女性だったので、同僚教師も生徒たちも気後れしていたのではないか。それが、疎外感となって、可奈子を苦しめていたのかもしれない。

「でも、祐二くんはわたしのことを気に入ってくれたってわかったから、ずいぶん楽になったの」

可奈子はそう言うと、祐二の肩にそっと手を置いた。

「祐二くんがいたから、すんなりこの学校になじめたんだと思うわ。ありがとう」

「せ、先生……」

静かに顔をあげると、可奈子と視線が重なった。

「キャンセルはしないわ」

憧れの女教師の唇から、信じられない言葉が紡がれた。

夢ではないかと思ったが、可奈子は柔らかい微笑を浮かべている。そして、祐二の頭をそっと撫でてくれた。

「不安そうな顔して、どうしたの？」

やさしい声音《こわね》だった。

その声を聞いて思い出す。祐二が好きになったのは、可奈子の美しい外見だけではない。彼女の普段の言動から、生徒思いのやさしい人柄が伝わってきて、どうしようもなく惹かれたのだ。

「俺に気を使ってるんじゃ……」

「わたしが淋しいから依頼したのよ」

可奈子は柔らかい笑みを浮かべてくれる。そして、両手で祐二の頰を挟みこみ、目をまっすぐ見つめてきた。

「それとも、祐二くんはいやなの？」

「そ、そんなはず……う、うれしいです」

思わずつぶやくと、彼女は目を細めて「ふふっ」と笑った。

「素直でよろしい」

昔に戻ったような錯覚に襲われる。教室にいるせいだろうか。先生に褒められている気がして、照れくさくなった。

「なにかご褒美をあげないといけないわね」

可奈子は気分が乗ってきたのか、楽しげに語りかけてくる。だが、祐二はだんだん恥ずかしくなってきた。

「お、俺、もう二十歳ですよ」

「祐二くんはいくつになってもわたしの生徒よ」

そう言われて納得する。きっと、それが教師の感覚なのだろう。おそらく、祐二がいくつになっても変わらないのではないか。

「こっちを向いて」

可奈子の言葉に従って、椅子に座った状態で横を向く。すると、彼女は祐二の目をじっと見つめてきた。

「先生、なにを……」

視線がからまり気分が高揚する。色事師として自分がリードしなければならないが、胸がドキドキするばかりで動けなかった。

4

「祐二くんが色事師になるなんて……でも、今もわたしのかわいい生徒よ」

可奈子が目の前にすっとしゃがみこむ。そして、スウェットパンツのウエスト部分に指をかけた。

「お尻を浮かせてくれるかな」

「こ、こうですか？」

期待に胸をふくらませながら尻を持ちあげる。すると、スウェットパンツとボクサーブリーフがまとめて引きおろされた。とたんに屹立したペニスが勢いよく跳ねあがった。

「ああっ……すごいのね」

ため息まじりにつぶやくと、可奈子は青すじを浮かべた太幹に、ほっそりした指を巻きつけた。

「うっ……」

軽く触れただけで、快感がひろがっていく。かつて憧れていた女教師にペニスを握られているのだ。柔らかい指の感触でテンションが一気にあがり、早くも尿道口から我慢汁が染み出した。

「硬くて大きい……立派になったのね」

可奈子は勃起したペニスをまじまじと見つめてくる。

もちろん、中学生だった祐二のペニスを見たわけではない。だが、長大な肉柱を目にして教え子の成長を感じたのではないか。太幹に巻きつけた指を滑らせて、ゆるゆるとしごきあげてきた。

「ううっ……せ、先生」

「触っただけなのに、ビクビクしてるわよ」

指がスライドするたび、快感が湧きあがる。ペニスはますます硬くなり、我慢汁の量が増えてきた。

柔らかい指で硬い太幹をしごかれる。愛《いと》おしげなゆったりした動きが、甘い刺激を生み出して、牝の欲望がふくれあがった。

すると、可奈子が股間に顔を寄せてくる。まさかと思ったときには、亀頭に唇を押し当てていた。柔らかい感触に陶然となり、腰に震えが走り抜ける。ペニスはさらに反り返って、パンパンに張りつめた。

（ま、まさか、先生が俺のチンポに……）

己の股間を見おろせば、可奈子が亀頭にキスをしている。その光景を目の当たりにしたことで、さらに感度がアップした。

「こんなに濡らして……興奮してるのね」

可奈子はそう言うなり、唇をゆっくり開いていく。そして、亀頭をぱっくり咥えこんだ。

「せ、先生っ……くううッ」

柔らかい唇が、太幹にぴったり貼りついている。熱い吐息がペニスの先端を撫でるのも強烈な刺激になっていた。

かつての担任教師が目の前にひざまずいている。当時と同じ濃紺のスーツ姿で、ペニスを口に含んでいるのだ。その姿を目の当たりにしただけで、快感がふくれあがり、腰の震えが大きくなった。

「ンっ……ンっ……」

可奈子が密着させた唇を少しずつ滑らせる。顔を股間に押しつけて、硬くなった砲身をじわじわ呑みこんでいくのだ。その間、祐二の反応を確認するように、常に上目《うわめ》遣いで見つめていた。

（あ、あの先生が、まさか……）

信じられないことが現実になっている。

中学一年のとき、祐二はこの席から可奈子のことを見つめていた。憧れの眼差しを向けていたときを懐かしく思い出し、ますます興奮が大きくなる。亀頭の先端から新たな我慢汁が溢れ出した。

「ううッ……」

「あふっ……むふンっ」

甘く鼻を鳴らしながら、可奈子が首をゆったり振りはじめる。根元まで呑みこんだ男根を少しずつ吐き出しては、再び根元まで呑みこんだ。

舌もからみつき、肉棒や亀頭を舐めまわしてくる。全体が唾液に包まれて、そこを唇でしごかれるのだ。動きがよりなめらかになり、蕩《とろ》けるような快感が次から次へと押し寄せた。

「そ、そんなにされたら……ううッ」

こらえきれない呻き声が漏れて、深夜の教室に響き渡る。

まさか教室でフェラチオを経験できるとは思いもしなかった。しかも、相手は憧れていた女教師だ。

（こ、こんなことが……）

当時、何度も妄想していたことが現実になっている。あの可奈子が上目遣いに見あげながら、己のペニスをうまそうにしゃぶっていた。

身も心も蕩けてしまいそうな感覚がひろがっている。とくに舌が這いまわっているペニスは、すでにトロトロになっていた。まるで壊れた蛇口のように、尿道口から我慢汁が大量に溢れている。そこに舌が這いまわり、さらには吸いあげられるのがたまらなかった。

「くううッ、い、いいっ」

そんな祐二の反応を確認して、可奈子は少しずつ愛撫を加速させる。

教師とはいえ、三十七歳の人妻だ。大胆なフェラチオで、経験の浅い祐二は瞬く間に追いつめられてしまう。快楽に流されて、もう昇りつめることしか考えられなくなっていた。

「はむッ……あふッ……はむンンッ」

「す、すごい……ううッ、すごいですっ」

祐二は快楽の呻き声を振りまき、椅子の座面を両手でつかんだ。

柔らかい唇が滑るたび、射精欲がふくらんでいく。無意識のうちに体が仰け反り、股間を突き出すような格好になっていた。

「はむンンッ」

可奈子はペニスをすべて咥えこむと、唇で根元を締めつける。その状態で猛烈に吸いあげてきた。

「そ、それ……くおおおおッ」

睾丸のなかで精液が暴れはじめる。ペニスはこれでもかと硬直して、亀頭は破裂寸前まで膨脹していく。我慢汁の量が劇的に増えるが、それでも可奈子は容赦なくしゃぶりつづけた。

「や、やばいですっ、せ、先生っ」

祐二は必死に訴える。ところが、可奈子はますます首を激しく振り、ペニスをジュルジュルと吸茎した。

「おおおおッ、で、出るっ、くおおおおおッ！」

ついに雄叫びをあげながら、思いきり精液を噴きあげる。椅子の座面を両手で強くつかみ、両脚をつっぱらせて股間を突き出した。

「はンンンッ」

可奈子は両手で祐二の腰をつかみ、太幹の根元を唇で締めつける。射精と同時に吸いあげて、チュウチュウと精液を吸いあげた。

「おおおおッ、き、気持ちいいっ」

快楽の声が教室に響き渡る。祐二は全身をガクガク震わせて、沸騰した精液を女教師の口内にぶちまけた。

「ンっ……ンンっ」

可奈子が眉を八の字に歪めると、苦しげな呻き声を響かせる。口に熱いザーメンが注ぎこまれる側から、喉を鳴らして嚥下《えんげ》していく。決してペニスを離すことなく、さらなる射精をうながすように吸茎した。

教え子の精液を飲むのは、どんな気分なのだろうか。頬を染めて瞳をねっとり潤ませながら、ペニスを根元まで咥えている。亀頭を執拗に舐めつづけて、尿道口から溢れる白濁液を飲みくだした。

夢のような状況だった。

憧れの女教師が自分の精液を飲んでくれる。濃厚なフェラチオで射精に導き、欲望をすべて受けとめてくれた。その事実が祐二の胸を熱くする。中学生時代に妄想していた以上のことが、現実に起きていた。

5

「たくさん出たわね」

可奈子はようやくペニスから唇を離すと、うっとりした顔で見あげてきた。瞳は膜を張ったように潤んでおり、頬は艶めかしい桜色に染まっている。ペニスをしゃぶったことで興奮したのか、タイトスカートのなかで内腿をもじもじと擦り合わせていた。

「あの小さかった祐二くんが、こんなに大きくなっていたのね」

唇は離したが、可奈子の指はまだ竿に巻きついたままだ。萎えることを許さないとばかりに、ゆるゆるとしごいていた。

「ううっ、せ、先生……イッたばかりだから……」

射精した直後のペニスを刺激されて、くすぐったさをともなう快感がひろがっている。たまらず訴えるが、可奈子は指を離そうとしなかった。

「でも、まだこんなに硬いわよ」

あの清楚でまじめで生徒思いだった女教師が、濡れた瞳を向けてくる。色事師を呼んだくらいだから、やはり欲求不満をためこんでいるのだろう。快楽を期待しているのが、はっきり伝わってきた。

「本当にすごいのね。こんなに大きいの、はじめて……」

いったい、誰と比べているのだろう。可奈子は太幹をゆったりしごきながら、独りごとのようにつぶやいた。

「わたしも、もう……」

我慢できなくなったのかもしれない。可奈子はようやくペニスから手を離すと、腰をくねらせながら立ちあがった。

窓から差しこむ月明かりが、濃紺のスーツを纏《まと》った女体を照らしている。

美人でスタイルがよくて心やさしい憧れの女教師が、物欲しげな顔で祐二のことを見つめていた。

可奈子はジャケットを脱ぐと、タイトスカートのなかに手を入れる。そして、ストッキングをゆっくりおろして、つま先から抜き取った。さらには熱い吐息を漏らしながらパンティも引きさげていく。

「生徒の前で、こんなこと……」

口ではそう言いつつ、興奮しているのは明らかだ。腰を右に左にくねらせる姿が色っぽい。まるで祐二を挑発しているようだった。

純白のパンティも脱ぎ捨てると、可奈子はブラウスのボタンを上から順にはずしはじめる。やがて教師らしい白いブラジャーが見えてきた。祐二は圧倒されるばかりで、言葉を発する余裕もなかった。

「あとは、祐二くんが……」

可奈子は途中で脱ぐのをやめると、祐二の手を取って立ちあがらせた。

「お、俺が……い、いいんですか?」

尋ねながらも、すでに指はブラウスに伸びている。ボタンをすべてはずして、すぐに女体から剝《は》ぎ取った。

(おおっ……)

思わず腹のなかで唸って凝視した。

これで女体に纏っているのは、純白のブラジャーと濃紺のタイトスカートだけになった。月明かりに照らされた肌は透きとおるように白くてなめらかだ。ブラジャーのカップに包まれた乳房は大きく、谷間が悩ましい陰影を作っていた。

「せ、先生っ」

祐二はたまらず女体を抱きしめて口づけを迫った。

「あっ、ま、待って……あンンっ」

可奈子はとまどいの声を漏らすが、強引に唇を奪って舌を差し入れた。

甘い口内を舐めまわして、舌をからめとる。可奈子は女体をくねくねとくねらせながら、喉の奥で微かに喘いでいた。

(先生とキスしてるんだ)

そう考えるだけで興奮が大きくなる。祐二は柔らかい舌を吸いあげて、同時にとろみのある唾液をすすり飲んだ。

「はあンっ、キ、キスは……結婚してるから」

可奈子が喘ぎまじりにつぶやいた。

どうやら、キスするのは抵抗があるらしい。先ほどペニスをしゃぶったのに、キスは拒むのだから不思議なものだ。夫のことを考えているのだろうか。しかし、興奮している祐二が再び吸いつくと、今度は可奈子のほうから舌をからめてきた。

「あンっ、ダメなのに……ああンっ」

気分を出して舌を吸ってくれる。祐二の口内を舐めまわしては、舌を唾液ごと吸いあげてきた。

（ああっ、先生……最高です）

祐二は心のなかでつぶやき、憧れの女教師とのキスにのめりこんでいく。そうしながら、指先に触れているブラジャーのホックをはずした。

カップをずらせば、三十七歳のたっぷりした双つの乳房が露になった。重たげに下膨れした釣鐘《つりがね》形で、魅惑的な曲線を描いて揺れている。濃い紅色の乳首は、大きめの乳輪ごと硬く充血していた。

「は、恥ずかしいわ」

ブラジャーを完全に奪い取ると、可奈子は瞳を潤ませて身をよじる。だが、本気でいやがっているわけではない。その証拠に先ほどからペニスにチラチラと視線を送っていた。

「ほ、本当に、いいんですか？」

一応、確認するが、祐二自身がもうやめられなくなっている。乳房の下側に手のひらを当てると、持ちあげるようにして揉みしだいた。

（や、柔らかい……なんて、柔らかいんだ）

指がほとんど抵抗なく沈みこんでいく。まるで焼いたマシュマロを揉んでいるような不思議な感覚だった。

乳肉の感触とは正反対に、乳首は硬くなっている。乳輪までドーム状に隆起して存在感を示していた。指先で摘まんで転がせば、女体がヒクヒクと震えるほど敏感に反応する。

「あぁッ、そ、そこは敏感だから……」

可奈子はもう立っていられないとばかりに、祐二の肩をつかんできた。膝がガクガク揺れており、眉をせつなげに歪めていた。

(先生が感じてるんだ。俺の手で先生が……)

考えるだけで、さらに興奮が盛りあがる。頭のなかが熱くなり、目の前がまっ赤に染まってきた。

「ああンっ、ダ、ダメ……」

可奈子の唇から甘い声が溢れ出す。双つの乳首を転がすだけで腰砕けになり、今にもくずおれてしまいそうだ。

「先生、このまま教室でいいんですか?」

祐二が訊《き》くと、可奈子は呼吸を乱しながら、何度もカクカクとうなずいた。

「い、いいの……」

「でも、教室ですよ。ほかの場所のほうが……」

祐二は卒業生だから構わないが、可奈子は今もここで働いている。さすがに罪悪感があるのではないか。しかし、可奈子は濡れた瞳で懇願するように見つめてきた。

「教室がいいの」

ただでさえ硬かった乳首が、さらに充血している。キュッと摘まみあげれば、女体全体に痙攣が走り抜けた。

「はああッ、い、いいっ」

可奈子は喘ぎ声が大きくなる。普段はまじめな声で授業を行っている教室に、淫らな嬌声《きょうせい》が響いていた。

(先生、もしかして……)

祐二は乳房を揉みながら、ふと思った。

先ほど、可奈子は夫への罪悪感から、依頼場所を自宅ではなく学校にしたと言っていた。だが、本当にそれだけが理由だろうか。

そんなことを思いながら、乳首にむしゃぶりつく。両手で大きな乳房を揉みあげながら、先端で揺れている突起を口に含んだ。

「ああッ、ゆ、祐二くんっ」

可奈子は甘い声を放ち、両腕で祐二の頭を抱えこんでくる。さらなる愛撫をねだるように、乳房に押しつけてきた。

「うむっ」

それならばと、舌を這わせて唾液をたっぷり塗りつける。そして、双つの乳首を交互にしゃぶり、ねちっこくジュルルッと吸いあげた。さらには前歯を立てて甘噛みすると、痛痒い刺激を送りこんだ。

「あンっ、ダ、ダメよ、ああンっ」

可奈子は腰を落としかけて、喘ぐだけになっている。感じているのは明らかで、乳首はこれ以上ないほど勃《た》っていた。

「学校なのに、こんなに感じていいんですか？」

祐二がわざと学校を強調すると、可奈子は首を左右に振りたくった。

「い、いや、言わないで……あああッ」

口では「いや」と言いつつ、反応は顕著になっている。内股になっており、腰をくねくねと揺らしていた。

（やっぱりだ……）

予想が確信へと変わっていく。

可奈子はまじめな教師だが、胸のうちに淫らな願望を抱えている。それを実現させるつもりで色事師を依頼したに違いなかった。

「先生、こっちに来てください」

祐二は可奈子の手を引いて教壇へと移動した。

「なにをするの？」

「先生が望んでいたことですよ」

授業をしているときのように教壇に立ち、教卓に両手をつかせる。そして、尻を後方に突き出す姿勢を強要した。

タイトスカートに双臀のまるみが浮かびあがる。祐二はもう遠慮することなく、布地の上から尻たぶを撫でまわした。

「あンっ……ゆ、祐二くん？」

可奈子が不安げな瞳で振り返る。祐二はタイトスカートをまくりあげて、白いヒップを剝き出しにした。

「あっ……」

慌てた様子で身をよじるが、両手は教卓から離さない。むっちりした尻を露にしたまま腰を振った。

「先生が教壇でこんなにいやらしい格好してるなんて……生徒たちが知ったら、きっと驚くでしょうね」

わざと辱《はずかし》めの言葉をささやけば、可奈子は「ああっ」と羞恥にまみれた声を漏らして振り返る。見つめてくる瞳はねっとり潤み、突き出した尻が物欲しげにフルフル震えていた。

（せ、先生の……）

大切な部分を見たくてたまらない。祐二は尻たぶをつかむと、臀裂を左右に割り開きにかかった。

ぱっくり開いたことで、谷底にある艶めかしい紅色の女陰が露出した。月光を浴びた割れ目は、妖しげに濡れ光っている。女陰の合わせ目がわずかに開いており、大量の華蜜が溢れていた。

（こ、これが……）

思わず喉がゴクリと鳴った。

憧れていた先生の股間が目の前にある。青白い月明かりの下で、男根を求めて華蜜を涎《よだれ》のように垂らしているのだ。

「もう我慢できないんですね」

「み、見ないで……」

「こんなに濡らして、興奮してるじゃないですか」

中学生のころは、まさか可奈子の陰唇を目の当たりにする日が来るとは思いもしなかった。信じられないことが現実になり、夢のなかをフワフワ漂っているような気分になっていた。

「先生……お願いがあります」

祐二はその場にすっとしゃがみこんだ。

すぐ目の前に、女教師の豊満な尻がある。そして、尻たぶを割り開いたことで、紅色の女陰がまる見えになっていた。

「せ、先生のここを……し、失礼しますっ」

興奮にまかせて臀裂に顔を押し当てる。陰唇にキスをするなり、舌を伸ばして舐めまわした。

「あぁッ、ダ、ダメよ、はあああッ」

可奈子は慌てたように喘ぎ声を放ち、尻の筋肉に力をこめる。臀裂が閉じそうになるが、祐二は強引に尻を割り開いた。

「や、やめて、そんなところ……ああンっ」

陰唇に口づけするたび、抗いの言葉とは裏腹に尻を突き出してくる。教室で教え子に愛撫されて、可奈子は恥ずかしい声を振りまいた。

（せ、先生のアソコを舐めてるんだ）

そう思うと、ますます気分が高揚していく。

祐二にとって、これがはじめてのクンニリングスだ。欲望にまかせて割れ目に舌を這わせると、陰唇を口に含んでクチュクチュとしゃぶりまわす。溢れる華蜜を吸いあげては、喉を鳴らして飲みくだした。

「ゆ、祐二くんが、こんなことを……あッ、ああッ」

可奈子の喘ぎ声は大きくなる一方だ。華蜜の量も増えつづけて、膣口はトロトロに蕩けていた。

もう我慢できなかった。祐二は立ちあがって背後から身を寄せると、屹立したペニスの突端を女陰に押し当てた。

「あああッ……」

軽く触れただけでも女体がビクッと反応する。亀頭が密着した陰唇の狭間《はざま》から、新たな果汁がジクジク染み出していた。

祐二は腰をゆっくり押し出していく。亀頭が女陰の狭間に入りこみ、膣口に浅くはまりこんだ。

「あンンっ、ゆ、祐二くんの……お、大きいわ……」

可奈子は教卓に爪を立てて、首を左右にゆるゆる振った。

ペニスの大きさにとまどっているらしい。ただ、身体の反応は顕著だった。膣口はうれしそうに蠢《うごめ》き、カリ首をきつく締めつけてきた。

「ううッ、は、入りましたよ」

憧れの先生とつながった。その事実が祐二の心を燃えあがらせる。膣の締まり具合が心地よくて、そのまま肉柱をズブズブと押しこんだ。

「はああッ、大きいっ、あああッ」

膣壁をカリで擦りあげると、可奈子の喘ぎ声がほとばしる。ついにペニスが根元まではまり、祐二の股間と可奈子の尻肉が密着した。

(先生と……セ、セックスしてるんだ)

心のなかでつぶやくだけで、快感がより大きくなった。

しかも、懐かしい教室で深々とつながっている。可奈子は授業をしているときのように、教壇から生徒の机を見渡しているのだ。

「こ、こんなの……ああッ、ほんとはいけないのに」

喘ぎまじりにつぶやき、首を左右に振りたくる。しかし、膣はしっかりペニスを食いしめていた。言葉とは裏腹に、女体が悦《よろこ》んでいるのは間違いない。肉棒を奥に引きこむように女壺が蠢いていた。

「ゆ、夢みたいです……せ、先生と、こんなことができるなんて」

祐二はペニスをゆっくり引き出しながら語りかける。からみついてくる膣襞を、カリでゴリゴリ擦りあげた。

「あンンっ……祐二くん……」

恐るおそるといった感じでつぶやき、可奈子が背後を振り返る。視線が重なり、祐二は小さくうなずいた。

「こうしたいと思ってました。俺、先生とセックスしたいと思ってたんです」

「いけない生徒ね。祐二くんがそんなこと考えてたなんて……」

可奈子は窘《たしな》めるように言いながら、膣を思いきり収縮させる。太幹をこれでもかと締めつけて、尻肉をブルブルと震わせた。

「ああッ、で、でも、わたしも……」

途中で可奈子は言いよどんだので、再びペニスを根元まで押しこんだ。

「はあああッ」

女体が大きく仰け反り、まるで味わうように膣襞が波打った。

「うおッ、す、すごいっ」

祐二も呻いて、全身の筋肉に力をこめた。

肉棒が根元から先端に向かってこねまわされる。無数の膣襞が蠢き、奥から新たな華蜜が溢れ出した。

「あああッ、い、いいっ、わたしもすごく興奮してるのぉっ」

ついに可奈子もよがり泣きを響かせる。

かつての教え子のペニスを根元まで咥えこみ、腰を右に左によじりはじめた。教室でセックスすることで、背徳感が燃えあがっているのだろう。膣の締まりはさらに強くなり、愛蜜の量も増えていた。

「おおッ……おおおッ」

祐二も唸り声をあげて、腰の動きを加速させる。憧れの女教師のヒップを抱えこみ、思いきりペニスを出し入れした。

「ああッ、ああッ……も、もうっ、あああッ」

喘ぎ声がいっそう大きくなり、可奈子の膝がガクガク震え出す。感じすぎて立っていられないらしい。祐二は彼女の腰を両手でしっかりつかむと、ラストスパートのピストンを打ちこんだ。

「せ、先生っ、おおおおッ」

「ああぁッ、い、いいっ、祐二くんっ」

可奈子が喘ぎながら祐二の名前を呼んでくれる。憧れていた女教師が、ペニスを締めつけて喘いでいるのだ。懸命に射精欲を抑えこみ、最後の力を振り絞って腰を振りつづけた。

「はあああッ、も、もう、あああッ、もうイキそうっ」

「くううッ、お、俺もですっ、くおおおッ」

「あああぁッ、気持ちいいっ、イ、イクッ、あああぁッ、イクイクうううッ！」

ついに可奈子が絶頂を告げながら女体を激しく震わせる。背すじが大きく反り返り、突き出した尻たぶに痙攣が走り抜けた。それと同時に、深く埋まっているペニスが猛烈に絞りあげられた。

「くおおおッ、で、出るっ、おおおおッ、おおおおおおおッ！」

祐二も唸り声を放ち、思いきり欲望を解き放った。

熱い膣肉が意志を持った生き物のようにうねり、男根を思いきりこねまわす。射精に合わせて女壺が蠕動《ぜんどう》することで、精液が強制的に吸い出されていく。脳髄が蕩けそうな感覚に襲われて、全身の筋肉に痙攣が走り抜けた。

射精は延々とつづき、愉悦がこれまでにないほど持続する。深夜の教室でかつての担任教師を立ちバックで突きまくり、思いきり精液を注ぎこんだ。この背徳的な状況が、快感をより大きなものへと昇華させていた。

「祐二くん……」

可奈子が絶頂の余韻を濃く滲ませた顔で振り返る。まだペニスは深く突き刺さったままだが、彼女は口づけをねだるように見つめてきた。

「せ、先生……」

祐二はむっちりした尻に股間を押しつけて、唇をそっと重ねていった。自然と舌をからめ合い、ディープキスへと発展する。唾液を何度も口移しして、相手の味を記憶に刻みつけた。

「ああンっ、すごかったわ」

可奈子が喘ぐようにささやいた。

「逞《たくま》しくなったのね」

憧れていた女教師にそう言われたことで、せつなさと喜びが同時に押し寄せる。

可奈子とセックスできたことはうれしい。だが、もう以前の恩師と元教え子の関係ではなくなってしまった。それを考えると胸が苦しくなった。

色事師の役目を引き受けた以上、知り合いから依頼が来ることもあると覚悟はしていた。しかし、実際に経験してみると、想像していたよりもずっと重かった。歴代の色事師たちは、この状況に耐えてきたのだろう。

とてもではないが、長くはつづけられない。今回の依頼で、あらためて役目のむずかしさを実感した。

第四章　縛《しば》られたい女

1

「なんか元気ないね」

夏希の声ではっと我に返った。

隣を見やると、幼なじみが心配そうな顔でのぞきこんでいた。この日は淡いピンクのワンピースを着ている。以前はショートパンツや活発そうなミニスカートが多かったが、最近は趣味が変わったのか女の子らしい服装が多かった。

「そんなことないよ」

祐二はとっさに笑みを浮かべてつぶやいた。

朝食後、散歩に出かけるのが日課になっている。そして、今日もスーパーの近くで夏希を見かけた。

　なんとなく声をかけて、ふたりで並んでぶらぶら歩いている。

　こうして、ただ隣を歩いているだけで、心がほっこりするから不思議だった。きっと夏希も同じ気持ちなのではないか。だから毎日、意味もなくスーパーまで来るのだろう。

「疲れてるんじゃない？」

「そんなことないって」

　視線をそらすと、さりげなく空を見あげる。祐二の気持ちとは裏腹に、雲ひとつない青空がひろがっていた。

　実際のところ、少々疲れがたまっている。だが、色事師の話を夏希にできるはずがなかった。

　中学一年のときの担任教師、可奈子を夜這いしたのは十日前のことだ。あれから四件の依頼があり、なんとか無事に終えていた。

　とりあえず、大きな失敗はしていない。夜這いの手順を覚えて、ようやくセックスにも慣れてきた。ときには早々に発射してしまうこともあるが、精力絶倫の家系なので回復力も優れている。今のところ夜這い先で困ることはなかった。

しかし、また知り合いから依頼があったらと思うと不安になる。身近な人が色事師の夜這いを望んでいるかもしれないのだ。もう可奈子のときのように、気まずい思いをしたくなかった。だが、色事師が相手を選ぶことはできなかった。

「たまには、どっか遊びに行こうよ」

夏希が話しかけてくる。

「町にショッピングモールができたんだよ。今度いっしょに行かない？」

弾むような声だった。

彼女が楽しそうに話す声を聞いていると、こちらまで元気になってくる。もしかしたら、わざと明るく振る舞ってくれているのだろうか。

（なっちゃん、きっと知ってるんだな……）

祐二は歩きながら隣にチラリと視線を向けた。

兄の章一が七代目の色事師であるのは周知の事実だ。その兄が骨折をして、祐二が手伝いのために帰省していることは村中にひろまっている。宮司の手伝いだけではなく、色事師の代役を務めていることも、多くの村人が知っているだろう。

（やっぱり……）

祐二の胸はキュッと締めつけられた。

夏希は愛らしい笑みを浮かべて歩いている。弾むような足取りで、流行《はや》りの歌を口ずさんでいた。

（俺のこと、どう思ってるんだ？）

幼なじみが色事師をやっていることが気にならないのだろうか。夏希はこれまでひと言も尋ねてこなかった。

（それとも、俺のほうから打ち明けたほうがいいのか？）

いや、そんなことを言えるはずがない。祐二はすぐに小さく首を振り、自分の考えを否定した。

すでに何人もの女性たちと身体を重ねている。いくら色事師のお役目とはいえ、そんな話を聞かされれば、きっと夏希は不快に思うだろう。あえて報告する必要を感じなかった。

とはいえ、仲のいい幼なじみの間で、隠しごとをしているような気分になってしまう。さらりと話しておいたほうが、すっきりするだろうか。

「ねえ、ゆうちゃん」

いきなり、夏希が呼びかけてきた。

足をとめて、まじまじと見つめてくる。祐二はドキリとしながら、彼女の瞳を見つめ返した。

「ど、どうした？」

「どうしたじゃないよ。さっきから話しかけてるのに、聞いてなかったでしょ」

夏希が頬をふくらませている。そんな表情も愛らしいが、今は見とれている場合ではなかった。

「き、聞いてたよ。ショッピングモールだろ」

耳に残っていた単語を思い出してつぶやいた。

「もう……ほんとに聞いてた？」

「当たり前だろ。今度いっしょに行こうな」

調子よく同意するが、もう夏希の機嫌は直らない。再び歩きはじめるが、むすっとした顔で口を開かなくなった。

(まずいな……なんとかしないと)

祐二は必死に頭をめぐらせる。沈黙が重くのしかかり、なにか話さなければと焦ってしまう。

「で、でも、仕事休めるのか？」

夏希の実家は「割烹《かっぽう》吉野」という和食料理屋を経営しており、彼女も従業員として働いていた。

「なっちゃんを遊びに誘ったら、冬実さんに怒られないかな」

夏希の姉、冬実が割烹吉野の若女将を務めている。穏やかでやさしい近所のお姉さんという印象だったが、仕事には厳しいと聞いていた。

「お姉ちゃんは関係ないよ」

まだ機嫌の直っていない夏希が突っかかってくる。唇をとがらせて、目も合わせてくれなかった。

「ゆうちゃんこそ、神社のお手伝いがあるんでしょ」

突き放すような言い方だった。

もはや夏希はまったく聞く耳を持たない。それでも、祐二はなんとかご機嫌を取ろうと話しつづけた。

「俺はそんなに忙しくないから、遊びに行こうよ」

「別に無理しなくていいよ。神社のお手伝い、大変なんでしょ」

夏希の言葉には刺《とげ》が感じられた。

彼女の言う「神社のお手伝い」のなかには、色事師のお役目も含まれているのだろうか。すべてを知っていて、嫌みをぶつけてきたのではないか。もしかしたら、祐二が黙っていることがおもしろくないのかもしれない。

「ねえ、なんかわたしに隠してることない？」

「えっ……」

やはり色事師のことを知っているのだろう。祐二の口から報告を受けたいと思っているのではないか。

（でも、やっぱり……）

自分の口から伝える勇気はなかった。

なにしろ、密かに夏希のことを想っている。隠しごとはしたくないが、色事師の件にだけは触れたくなかった。

「べ、別になにも……」

「じゃあ、もういい」

夏希はそっぽを向いて言い放つ。それきり、口をきいてくれなくなった。

無言のまま歩く時間がつらすぎる。やはり自分の口からしっかり伝えておくべきだろう。

「あのさ……じつは、兄さんのお役目を手伝ってるんだ」

思いきって切り出した。

「言いにくいんだけど……俺、色事師なんだ」

色事師の件を話すのは、ほかの女性とセックスしていることを打ち明けるのと同じだ。さすがに胸が苦しくなるが、隣を歩いている夏希は硬かった表情をふっとゆるめた。

「やっと言ってくれたね」

思いのほか、彼女の声はやさしかった。

「ずっと待ってたよ。だって、わたしに隠しごとするなんておかしいでしょ」

「黙ってて、ごめん。でも、内容が内容だから……」

「お役目だもの。仕方ないよ」

夏希はそう言ってくれるが、気にならないのだろうか。むしろ、焼き餅を焼いてくれたほうがうれしかった。

「なっちゃんは、いやじゃないの？」

自分の言葉に違和感を覚えた。

祐二と夏希はつき合っているわけではない。ただの幼なじみだ。自分が一方的に恋愛感情を抱いているだけだった。こんなことを聞かれても困るだろう。ところが、夏希は真剣な表情で考えこんだ。

「ちょっと、いやかな……」

意外な答えだった。

――わたしは関係ないよ。

そんなふうに言われると思っていた。だから、彼女が「いや」と言ったのは、意外でもあったし、うれしくもあった。

「でも、ゆうちゃんの家は神社だから……」

夏希は無理に自分を納得させるようにつぶやいた。

「体、気をつけてね」

「うん……」

応援されると複雑な気持ちになる。

お役目とはいえ、複数の女性とセックスする男などいやに違いない。祐二はそれ以上、なにも言えなくなってしまった。

結局、この日は話が弾まないまま別れた。

これまでも喧嘩したことなら何度もある。だが、今回はなにかが違っている気がする。このまま、夏希が遠くに行ってしまいそうで怖かった。

（俺たち、大丈夫だよな……）

祐二はひとり淋しく歩きながら、心のなかでつぶやいた。

2

「今夜は祐二くんの好きな生姜《しょうが》焼きよ」

志乃が微笑を浮かべて、料理を食卓に並べてくれた。

どうやら、よほど落ちこんで見えたらしい。志乃は言葉にこそ出さないが、やけに気遣ってくれる。向かいの席に座っている章一も、気にしている様子でときおり視線を送ってきた。

「たくさん食べてね」

「はい……」

祐二は短く返事をすると、さっそく生姜焼きを口に運んだ。

ほどよい醤油の加減と鼻に抜ける生姜の香りが食欲をそそる。兄嫁のやさしさを感じながら、ご飯をもりもり食べた。

夏希と気まずくなっているというのに、食欲が減退することはない。どうやら、体は栄養を求めているらしい。色事師のお役目が体に染みこんでいるのだろう。食べなければ体力が持たないと、本能的にわかっていた。

（俺、なにやってんだ……）

こんなときに、お役目のことを気にしている自分がいやになる。

今すぐ夏希に会いに行くべきではないか。会ったからといって仲直りできる保証はない。もしかしたら、なにも変わらないかもしれない。それでも、行動しないよりはましだった。

「顔色が悪いな」

章一がぼそりとつぶやいた。

「体調が悪いのか」

「いや、そんなことないよ」

祐二は視線をそらして、ぶっきらぼうに答えた。

体調が悪そうに見えるのなら、それは色事師の件が原因だ。気持ちは夏希に向いているのに、ほかの女性を夜這いしなければならない。その苦しみが滲み出ているのかもしれなかった。

代々受け継がれてきた仕事なので仕方がない。すべては村のためだ。七代目の色事師は兄だが、祐二も神社の息子に生まれた以上、関係ないとは言えなかった。

章一はそれ以上、なにも話しかけてこない。祐二も意識的に兄と視線を合わせることはなかった。

「章一さんはいつものことだけど、祐二くんもこんなに無口だったかしら。兄弟ってやっぱり似てるのね」

志乃だけがひとりでしゃべっていた。

気を使わせて申しわけないと思う。だが、どうしても話す気になれない。早く色事師の代役が終わってほしいと思っていた。

「ごちそうさまでした」

食事を終えてつぶやいたときだった。

「祐二、話がある」

章一に声をかけられた。

その瞬間、夜這いの依頼だとわかった。男たちが出稼ぎから戻ってくるまで、依頼が途絶えることはない。残された女たちは、今が一番淋しいときだろう。予想していたことだが、またしても胸の奥が苦しくなった。

(やるしかない……)

神社の息子に生まれた宿命だと思ってあきらめるしかない。祐二は兄に向かって無言でうなずいた。

「今夜の依頼だが――」

唐突に章一が語りはじめた。

祐二が座卓を挟んで座った直後のことだ。もはや、なんの前置きも必要ない。夜這いの日時と場所さえ正確に伝われば、それでよかった。

「深夜一時、場所は割烹吉野」

一瞬、聞き間違いかと思い、祐二は無意識のうちに眉根を寄せた。

「二階にある紅葉の間だ」

兄の言葉が頭のなかでグルグルまわっている。

深夜一時、割烹吉野、紅葉の間。まさか夏希の実家が依頼場所になるとは思いもしなかった。

「わ、わかったよ」

祐二は動揺を押し隠して返事をした。

兄はそれ以上なにも言わず、じっと見つめてくる。心を見透かされている気がして、急いで自室に戻った。

深夜一時前、祐二は割烹吉野の前に立っていた。

明かりはすべて消えている。歴史を感じさせる木造二階建ての建物だ。一階は和食料理屋になっており、二階に宿泊施設がある。子供のころ、よく遊びに来たので間取りは覚えていた。

家族も同じ建物に住んでいる。二階の廊下を一番奥まで進んだところが住居になっていた。

（それにしても……）

いったい、誰が依頼したのだろうか。

この店は夏希と冬実の姉妹、それに祖母と母親の四人で切り盛りしている。祖母と母親は高齢だし、そうなってくると、やはり考えられるのは冬実だろう。

夫が出稼ぎ中で、人肌が恋しくなったに違いない。普段は淑《しと》やかな女性だが、じつは欲求を抱えこんでいるのではないか。冬実は三十歳の人妻だ。疼く身体を持てあましているのかもしれなかった。

意を決して正面入口の引き戸に手をかけた。そのとき、夏希の顔がふと脳裏に浮かんだ。

（今から、俺は……）

おそらく、夏希の姉である冬実と情を交わすことになる。

それを考えると胸が苦しくなってしまう。夏希以外の女性とセックスするだけでも罪悪感に苛《さいな》まれる。それなのに、よりにもよって冬実から依頼があるとは思いもしなかった。

「くっ……」

引き戸に手をかけたまま動けなくなる。

できることなら引き返したい。そして、なにも聞いていなかったことにしたい。しかし、これは神社が正式に依頼を受けた色事師のお役目だ。私情を持ちこむことは許されなかった。

（なっちゃん……ごめん）

心のなかで謝罪すると、引き戸にかけた手に少しずつ力をこめる。やはり鍵はかかっていない。カタッと小さな音がしてスライドした。

一階の店のなかはまっ暗だ。持参した懐中電灯をつけると、靴を脱いで店内にあがった。入ってすぐのところにある階段を慎重に昇っていく。木の軋むミシッという音が響くたび、胸の鼓動が速くなった。

懐中電灯の明かりだけが頼りだ。ようやく階段を昇りきると、廊下をゆっくり進んだ。ひとつ目の部屋の引き戸を照らしてみる。すると「紅葉の間」と書かれた札がかかっていた。

（ここだ……）

祐二は小さく息を吐き出した。

廊下を突き当たりまで行ったところが、家族の住居になっている。おそらく、そこから最も離れている部屋を指定したのだろう。

（きっと、冬実さんが……）

そう思うと、緊張と興奮が同時に湧きあがる。

夏希の姉の冬実は、祐二の兄と同級生だ。そして、夏希と祐二も幼なじみで同級生だった。自分たちから見れば、十歳も離れている冬実は大人の女性だ。やさしかったので、夏希といっしょによく遊んでもらったのを覚えている。

この紅葉の間が空いているときは、ここでトランプやカルタをやったものだ。夏希も祐二も子供だったので、相手をするのは大変だったと思う。でも、冬実がいやな顔をしたことは一度もなかった。

——つぎは神経衰弱をやりましょうか。

——ふたりとも喧嘩をしてはダメよ。

——ゆうくんは強いね。また負けちゃった。

楽しかった日々を忘れるはずがない。

冬実の柔らかい言葉は今でも耳の奥に残っている。やさしげな微笑も瞼の裏に焼きついていた。

（あの冬実さんが、本当に……）

深呼吸をして心を落ち着かせる。

懐中電灯を消すと、引き戸をゆっくり開けていく。ところが、意外なことに室内はまっ暗だ。もしかしたら、部屋を間違えたのだろうか。

もう一度、懐中電灯をつけて、光を足もとから室内へと向ける。すると、十畳ほどの和室の中央に、布団が敷いてあった。ふっくら盛りあがっているので、誰かが寝ているのは間違いない。

枕のあたりを照らせば、黒髪を結いあげた女性の頭が見えた。向こうを向いて横になっている。本当に寝ているのかどうかはわからない。だが、その髪形には見覚えがあった。

（やっぱり、冬実さんだ）

いつも艶やかな黒髪を結いあげて、着物に身を包んでいる。そんな冬実の淑やかな姿が印象に残っていた。

祐二は引き戸を閉めると、足音を忍ばせながら布団に歩み寄った。

3

「夜這いに参りました」

祐二は布団のすぐ脇で正座をすると、静かに声をかけた。

ところが、こちらに背中を向けている冬実はピクリとも動かない。スタンドもつけず、まっ暗にしているくらいだ。もしかしたら、本当に眠っているのだろうか。とはいえ、寝息も聞こえなかった。

掛け布団から肩がのぞいている。身に着けているのは浴衣だ。淡い桜色の地に小花が描かれていた。普段から着物を纏っているので、きっと浴衣が似合うだろう。白いうなじがチラリと見えて、ますます気分が高まった。

(どっちにしろ、起こすことになるんだ)

少し迷ったが、枕もとに置いてある和風の笠をかぶったスタンドを灯した。

柔らかい光が室内にひろがっていく。横になっている冬実の髪も照らされて、艶々と輝きはじめた。

祐二は腰を浮かせて、冬実の顔をのぞきこんだ。

姉妹だけあって、夏希と冬実の顔は似ている。夏希はいかにも活発そうだが、冬実は眉が少しさがり気味でおとなしそうだった。

伏せた睫毛が小刻みに震えている。依頼したことを後悔しているのか、それともこれから起こることに期待しているのか、横顔を見ただけでは彼女の胸中までわからなかった。

「冬実さん……起きてるんですよね」

恐るおそる声をかける。

以前の祐二なら、とまどうばかりで打開策を見つけられなかっただろう。だが、今は経験を積んだことで、自ら考えて動けるようになっていた。

「俺を呼んだのは、冬実さんですね」

念のため確認する。

これまでの依頼者は誰もが待ち構えていたが、冬実の場合は違っていた。まるで本当に寝ているような状態だった。

「間違っていたら大変なんで……」

もう一度声をかけると、彼女は向こうを向いたままこっくりうなずいた。

その姿を見て、ようやく祐二もほっとする。それと同時に新たな興奮が湧きあがってきた。

声を聞いたことで、冬実は色事師が祐二だと気づいているだろう。

もしかしたら、事前に噂で知っていたかもしれない。冬実からすれば、昔、遊んであげた近所の男の子に夜這いされることになる。それをわかっていながら依頼してきたのだ。

(あの冬実さんが……)

信じられないことが現実になっている。清楚でやさしい冬実が、目の前で夜這いされるのを待っているのだ。

夏希のことはずっと気になっている。だが、あの冬実が色事師を依頼したという事実が、これまでにない興奮を生み出していた。

(なっちゃん、ごめん……これはお役目だから)

心のなかで謝罪すると、ブルゾンとスウェットの上下を脱いで、黒いボクサーブリーフ一枚になった。

布団をそっと引き剝がすと、浴衣に包まれた女体が見えてくる。冬実は左腕を下にして横たわっていた。膝を軽く曲げた格好で向こうを向いているため、尻を突き出すような格好になっている。双臀のまるみが強調されており、思わず視線が惹きつけられた。

祐二は胸の高鳴りを覚えつつ、冬実の背後に横たわる。体を寄せると、浴衣の背中にぴったり密着した。

「あっ……」

冬実の唇から小さな声が溢れ出す。肩を怯えたようにすくめるが、身体を離そうとはしなかった。

目の前には白いうなじが迫っている。結いあげた黒髪からは、甘いシャンプーの香りが漂ってきて鼻腔をくすぐった。

(ふ、冬実さんと、くっついてるんだ)

そう思うだけで股間がムズムズしてくる。

祐二は緊張しながらも、浴衣の上から二の腕にそっと触れてみた。冬実がいやがる素振りを見せないので、その手をゆっくり前にまわしこんでいく。そして、乳房にそっと重ねた。

「ンンっ」

冬実が身体を硬くするのがわかった。

なにか言うかと思ったが、そのままじっとしている。だから、祐二も手を離すことなく浴衣ごしに乳房を撫でまわした。

布地とブラジャーの感触が手のひらに伝わってくる。ブラジャーのカップの硬さが邪魔だった。それでも、冬実の身体をまさぐっていると思うと、興奮がじわじわ湧きあがってきた。

「い、いやだったら言ってください」

念のため声をかける。しかし、冬実は身体を硬くして動かなかった。

途中でキャンセルすると思ったが、まだ言い出す気配はない。あとで気まずくなるのはいやなので、慌てることなく乳房をゆったりと撫でつづける。ところが、冬実は完全に受け入れている様子だ。

(こ、これって、つづけていいってことだよな)

体を密着させて、浴衣の上からとはいえ乳房に触れている。緊張感が途切れることはないが、興奮がどんどん盛りあがっていた。

ボクサーブリーフのなかでペニスが芯を通しはじめる。瞬く間に硬くなり、布地を大きく盛りあげた。自然と冬実の尻を圧迫する形になっていた。

「ンっ……」

硬さを感じたのか、冬実が微かに身をよじる。すると、勃起した肉柱の裏側が、ちょうど尻の谷間にはまりこんだ。

「い、いや……」

小声でつぶやくが、それでも本気で逃げようとはしない。肩をさらにすくめて、まるで胎児のように身体をまるめるだけだった。

それならばと、浴衣の衿もとから手をそっと差し入れる。指先がブラジャーに届いて、レースの感触が伝わってきた。

(も、もう……)

ここまで来たら我慢できない。浴衣の衿をつかむと、肩を剝きおろしていく。胸もとが大きく開き、白いブラジャーが露になった。

「ああっ」

冬実が羞恥の声を漏らすと、祐二の興奮はますます膨脹する。浴衣をさらに引きさげて、すかさずブラジャーのホックをはずしていた。

「ま、待って」

さすがに黙っていられなくなったらしい。冬実は両手で胸もとを覆うが、祐二のほうが一瞬速くブラジャーを奪い取った。

「ああっ……は、恥ずかしい」

小声でつぶやき、さらに身体をまるめていく。だが、冬実は本気でいやがっているわけではない。その証拠に、勃起したペニスから尻を離そうとしなかった。

(冬実さんが、俺を……)

求められていると思うと、祐二の行動は大胆になる。彼女の肩をつかんで、仰向けに転がした。

スタンドの明かりが、羞恥に満ちた冬実の顔と浴衣を乱した女体を照らし出す。衿が大きく開いて、乳房の下まで剝きおろされている。双つのふくらみは両手で覆い隠されているが、そうやって恥じらう人妻の姿が悩ましかった。

「ゆ、ゆうくん……」

かすれた声で昔のように呼ばれると、ますます興奮が盛りあがる。ボクサーブリーフのなかでは、我慢汁が大量に分泌されていた。

(な、なんて格好してるんだ)

自分で脱がしておきながら、淫らな姿に圧倒されてしまう。

普段は和服に身を包んでいる淑やかな冬実が、浴衣を大きく乱して白い肌を露出している。細い鎖骨《さこつ》が色っぽくて、両手で覆い隠されている乳房が柔らかく形を変えていた。

（もっと……もっと見たい）

ほとんど無意識のうちに手を伸ばして、帯をほどきにかかる。そして、浴衣の前をはだけさせると、股間に張りつく白いパンティが露になった。内腿をぴったり閉じており、片膝を少し曲げて股間を隠そうとしている。そんな仕草が牡の劣情をますます煽《あお》り立てていた。

（こ、これが、冬実さんの……）

祐二は思わず双眸を見開いて固まった。

腰のくびれた曲線も悩ましい。太すぎず細すぎず、全体的にうっすらと脂《あぶら》が乗っているのも好ましい。三十歳の人妻らしい成熟した女体だった。

冬実は羞恥にまみれており、もはや言葉を発する余裕もないらしい。赤く染まった顔を懸命にそむけている。目を強く閉じており、耳から首すじにかけても桜色に火照《ほて》っていた。

「こ、これも……いらないですよね」

黙っていると息がつまりそうになる。ひとりごとのようにつぶやきながら、白いパンティのウエスト部分に指をかけた。

じわじわ引きさげれば、冬実が慌てた様子で見あげてくる。そして、困惑した様子で腰をよじった。

「ま、待って、ゆうくん」

懇願されても、もうやめられない。欲望はふくれあがる一方だ。冬実のすべてを見たくてたまらなかった。

パンティをゆっくり引きさげていく。すると、冬実は左腕で双つの乳房を隠し、右手を股間に伸ばしてきた。パンティをつかんで阻止しようとする。ずっとおとなくしていたのに、なぜか本気で抗いはじめた。

「急にどうしたんですか？」

尋ねながらもパンティを引く力は緩めない。祐二はパンティの両脇を両手で引っぱり、冬実は中央部分を必死につかんでいた。

「あ、明かりを……明かりを消して」

「消したら見えないじゃないですか」

さらに力をこめるが、彼女も手を離さない。互いに引っぱり合う形になり、パンティが伸びてしまう。

「お、お願いだから……ああっ」

そのとき、パンティが冬実の指をすり抜けた。膝まで一気にさがり、ついに股間が剝き出しになった。

漆黒の陰毛が思いのほか濃厚に茂り、恥丘を覆い隠している。これまで祐二が見てきたなかで、もっとも濃いのは間違いない。縮れ毛が密生しており、しかも広範囲にわたっていた。

「ああっ、い、いや、見ないで」

冬実は左手で必死に股間を隠そうとする。だが、すでに祐二はすべてをしっかり確認していた。

(もしかして、これを見られたくなくて……)

彼女が懸命に抗っていた理由がようやくわかった。

股間を埋めつくしている濃い陰毛が恥ずかしかったのだろう。しかし、夜這いの依頼をした時点で、手入れをしておけばよかったのではないか。

冬実は乳房と股間を手で隠して、首のすじが浮かぶほど顔をそむけている。今にも泣き出しそうなほど、眉を八の字に歪めていた。

パンティをつま先から抜き取ろうとすると、冬実は震える唇で語りはじめた。

「……濃くて恥ずかしいのだけど、夫が……このほうがいいって」

どうやら、夫の趣味に合わせているらしい。出稼ぎから戻ってきたとき、がっかりさせたくないのだろう。夫を喜ばせるため、あえて陰毛の手入れをせず、自然な感じで生やしているのだ。

「旦那さんのためですか」

健気《けなげ》な一面に感心すると同時に、嫉妬が湧きあがってきた。

近所のきれいなお姉さんである冬実に憧れの感情はあったが、恋愛感情は抱いていなかった。しかし、夫のために陰毛を伸ばしていると知り、まったく予想していなかった感情が芽生えた。

(そんなに旦那さんのことを……)

祐二も頭の片隅には常に夏希がいる。冬実の気持ちも理解できるが、この状況で聞かされると胸の奥がもやもやした。

「これも脱いじゃいましょう」

まだ身体にからみついている浴衣を引き剝がした。生まれたままの姿になると同時に、乳房から手が離れてすべてが露になった。

「あっ、そ、そんな……」

「もう隠さなくてもいいじゃないですか」

「で、でも……」

冬実は小声でつぶやくが、あきらめたように下唇を噛みしめた。

濃密な陰毛を見られたことで、心が折れたのかもしれない。耳までまっ赤になっているが、もう裸体を隠そうとはしなかった。

乳房はお椀を双つ伏せたように張りがあり、ふっくらと盛りあがっている。曲線の先端で揺れている乳首は、鮮やかなピンク色だ。内面のやさしさが滲み出ており、全体的に和《なご》やかで癒《いや》されるような女体だった。

「旦那さんのことが好きでも、期待してるんですよね」

わざと意地の悪い言葉をかけると、冬実は悲しげに睫毛を伏せる。しかし、いっさい否定はしなかった。

「じゃあ、俺も……」

祐二は膝立ちになってボクサーブリーフをおろしていく。勃起したペニスが、鎌首をブルンッと振って剝き出しになる。亀頭はパンパンに張りつめて、太幹にはミミズのような血管が浮かんでいた。

「あぁっ、す、すごい」

冬実の唇から、ため息にも似た声が溢れ出す。逞しく屹立した男根を目にして、驚きを隠せなくなっていた。

「どうして、そんなに……」

「冬実さんが、あんまり魅力的だから」

答えながら女体に手を伸ばそうとする。ところが、冬実はこの期に及んで首を左右に振りたくった。

「待って……」

つぶやく声は消え入りそうなほど小さい。

まさかキャンセルするのだろうか。これほど興奮しているのに放置されるのはつらすぎる。しかし、依頼者の意向に従うしかない。色事師の欲望は二の次だ。あくまでも依頼者を満足させることを第一に考えなければならなかった。

「お願いがあるの」

冬実の声はますます小さくなる。祐二は覚悟して彼女の言葉を待った。

「縛って……」

まったく予想していなかった言葉が、彼女の唇から紡《つむ》がれた。

「えっ……今なんて言いました？」

思わず自分の耳を疑って聞き返す。

すると、冬実は頬を染めておどおどしながら、それでも祐二の目をまっすぐ見つめ返してきた。

「縛ってほしいの」

やはり声は小さいが、今度は聞き逃さない。冬実は確かに「縛ってほしい」とつぶやいた。

（ま、まさか、そんなことを……）

祐二は困惑を隠せなかった。

色事師として何人もの女性と関係を持ってきたが、特殊な要求をされたことは一度もない。せいぜい体位の指定をされるくらいで、縛ってほしいと頼まれたのは、はじめてのことだった。

4

「ごめんなさい。ヘンなこと頼んで……」

固まっている祐二を見て、冬実は恥ずかしげに謝ってきた。

「やっぱりダメよね。本当にごめんね」

瞳に涙を滲ませて謝罪の言葉をくり返す。そんな冬実を見ていると、だんだんかわいそうになってきた。

「忘れていいから――」

「ダ、ダメじゃないです」

祐二は慌てて彼女の言葉を遮った。

「ゆ、ゆうくん？」

冬実が目をまるくする。そして、祐二の出方をうかがうように見つめてきた。

「大丈夫です。心配しないでください。依頼者を満足させるのが、色事師の使命ですから」

瞳を見つめ返して、きっぱり言いきった。

もちろん限度はあるが、できるかぎり依頼者の希望を叶《かな》えなければならない。それが、色事師の責務だった。

「これでいいですか？」

浴衣の帯を拾いあげて問いかける。すると、彼女は答える代わりに両手首をそろえて、すっと差し出してきた。

（こ、これは……）

おそらく、手首を縛れということだろう。

祐二はためらいながらも、浴衣の帯を手首に巻きつけていく。ところが、冬実は首を小さく左右に振った。

「もっと、きつく……緩まないように」

恥ずかしげにつぶやくが、しっかり縛られることを望んでいる。それならばと、祐二は少し力をこめて、帯でキュッと締めつけた。

「あぁっ……」

冬実の唇から色っぽいため息が溢れ出す。

両手首を身体の前で縛られた状態だ。帯が皮膚に食いこんでいるが、痛がるどころか、うっとりした表情になっていた。

（縛っただけで、こんな顔に……）

祐二は思わず心のなかで唸った。

女性を縛るのなどはじめてで、だんだん不思議な気分になってくる。いつしか冬実は艶めかしく腰をくねらせていた。

「縛られるのが好きなんですか？」

恐るおそる尋ねてみる。そういうプレイを好む女性がいるのは知っているが、実際に会うのはこれがはじめてだ。

「そ、そんなこと、聞かないで……」

冬実の呼吸は乱れている。縛られたことで興奮しているようだった。

（もしかして、冬実さんって……）

疑惑が確信に変わっていく。

普段の清楚な姿しか知らないので、にわかには信じられない。しかし、実際に目の前で身をくねらせている。冬実は縛られて興奮するらしい。自由を奪われることで昂《たかぶ》る性癖だった。

実際、瞳はトロンと潤み、息遣いがハアハアと荒くなっている。内腿をもじもじ擦り合わせるたび、股間の奥から湿った音が微かに響いていた。すでに性感が燃えあがり、女体が疼いているのは間違いなかった。

（そういうことなら……）

祐二は猛烈に興味をかき立てられていた。

淑やかでやさしい冬実が、縛られて悦んでいるのだ。この状況で興奮しないはずがなかった。

「ふ、冬実さん、手を……」

縛った手首をつかむと、頭上へと持ちあげていく。これで彼女は全裸で仰向けになり、両腕をまっすぐ上に伸ばした格好だ。

お椀形の乳房はもちろん、恥丘もまる見えになっている。いくら内腿を擦り合わせても、濃厚な陰毛は隠しようがない。羞恥にまみれてまっ赤になりながら、それでも冬実は腕をおろすことなく裸体を晒していた。

「ああっ、見ないで……」

口ではそう言いながら視線を感じて興奮している。その証拠に乳首は触れる前からビンビンにとがり勃《た》っていた。

「腕をおろしたらダメですよ」

祐二は声をかけてから、両手を乳房にそっとあてがった。

仰向けになっても見事な張りを保っており、その見た目どおり、指先に確かな弾力が感じられた。しかし、ゆったり揉みあげれば蕩けるほど柔らかい。指が沈んでいく感触が心地よくて、何時間でも揉んでいられそうだった。

「ああンっ、そんなにされたら……」

冬実は腕を頭上にあげたまま、裸の女体をくねらせる。くびれた腰の曲線が強調されて、たっぷりした乳房がタプンッと揺れた。

「縛られたまま揉まれるのが気持ちいいんですね」

「そ、そんなこと……はンンっ」

認めようとしないが、感じているのは間違いない。乳房をこってり揉みながら、指先を乳輪に近づけていくだけで、彼女の息遣いが荒くなった。

「旦那さんは縛ってくれないんですか？」

「あの人は、普通にするので満足してるから……ああっ」

乳輪の縁を指先でなぞったとたん、甘い声が溢れ出す。さらに双つの乳首を摘まみあげれば、女体にブルルッと震えが走り抜けた。

「はああッ」

「どうして旦那さんに頼まないんですか。好きなんですよね。こんなふうに縛られて愛撫されるのが」

摘まんだ乳首をやさしく転がしてみる。すると、女体の震えが大きくなり、乳房を突き出すようにして仰け反った。

「そ、そんなに、胸ばっかり……ああッ」

「もしかして、旦那さんは知らないんですか。冬実さんは縛られて触られると、こんなに乳首が勃ってこと」

わざと卑猥な言葉を投げかける。きっとそのほうが冬実は興奮すると思った。そして、その間も双つの乳首は摘まんだまま、クニクニと強めに転がした。

「あンンッ……い、言えないわ」

「どうして言えないんですか？」

「だ、だって……夫はまじめな人だから……ああッ、もうやめて」

口ではやめてと言って腰をよじるが、本気で抗っているわけではない。腕は頭上にあげたままで、焦れたように内腿を擦り合わせている。見つめてくる瞳はますます潤み、唇は半開きになっていた。

「ね、ねえ……ゆうくん」

なにかを訴えかけてくるが、あえて気づかないふりをする。そして、乳房を揉みしだき、乳首を執拗に転がしつづけた。

「あっ……あっ……」

「なんなら、俺から旦那さんに言っておいてあげましょうか。じつは、冬実さんは縛られると興奮するマゾだって」

「もう、夫のことは言わないで……」

冬実の瞳には涙がいっぱいたまっている。今にも溢れそうになっているが、乳首はピンク色が濃くなるほど硬くなっていた。

「最初から縛ってもらうつもりだったんですか」

祐二は彼女に覆いかぶさり、胸もとに顔を寄せていく。そして、舌を伸ばすと、屹立している乳首をねろりと舐めあげた。

「はああッ……ダ、ダメぇっ」

女体に感電したような痙攣が走り抜ける。軽く舐めただけなのに、今にも昇りつめそうな反応だ。もうひとつの乳首も同じように舐めあげると、すかさず口に含んでジュルジュルとしゃぶりまわした。

「ああッ……あああッ」

「すごい反応ですね。縛ってるから、よけいに感じるんですか」

祐二が尋ねても、もう答える余裕はないらしい。冬実はチラチラと視線を送ってくるが、喘ぐばかりになっていた。

「こっちはどうですか？」

彼女が感じてくれるから、祐二の愛撫は大胆になっていく。

右手を乳房から離して、下半身へと滑らせる。臍の上を通過すると、陰毛が密生する恥丘をゆっくり撫でまわす。指先で秘毛をいじりまわし、さらには恥丘の中央に走る縦溝に沿って、中指を内腿の隙間にねじこんだ。

「そ、そこは待って――あンンッ」

冬実の声は、途中から甘い喘ぎに変化する。祐二の指先が陰唇に触れたことで、女体がまたしても仰け反った。

陰唇はたっぷりの華蜜で潤み、熱く火照っている。軽く押してみると、内側にたまっていた果汁がどっと溢れ出した。

(こ、こんなに濡れてる……)

その事実が祐二に大きな勇気を与えてくれる。蠢く女陰に誘われて、指先で何度もなぞりあげた。

「ああッ、ゆ、許して……ああッ」

冬実の喘ぎ声がどんどん大きくなっていく。内腿をぴったり合わせて、祐二の指を挟みこんでいた。

子供のころ、よくいっしょに遊んでもらった近所のお姉さんを、自分の手で感じさせている。しかも、ここはトランプをした紅葉の間だ。思い出の場所で、今は祐二が冬実をもてあそんでいた。

（お、俺も……もう……）

興奮がふくれあがり、ペニスがいっそう硬くなる。挿入したい衝動がこみあげるが、もう少し冬実を焦らしたかった。

祐二は彼女の膝をつかむと、下肢をM字に押し開いた。ついに股間の中心部が露になる。二枚の女陰はピンクにヌメ光り、大量の華蜜を垂れ流していた。尻の穴までグッショリ濡れて、チーズにも似た濃厚な香りがあたりに漂っている。

「い、いや、ああっ、いやぁっ」

冬実は首を左右に振り、恥じらいの声を放った。しかし、視線を感じたことで、女陰からは新たな果汁が溢れ出した。

（こ、これが、冬実さんの……）

どんなに淑やかな女性でも、ここを刺激されれば反応する。顔を寄せて息を吹きかけると、女陰が物欲しげにヒクヒクと蠢いた。

「な、なにしてるの？」

「きっと、こういうのも好きですよね」

祐二は舌を伸ばして、恥裂をすっと舐めあげる。すると、白い内腿に力が入り、鳥肌がサーッとひろがった。

「はあああッ」

冬実の唇から喘ぎ声がほとばしる。陰唇に舌を這わせるたび、女体の反応が大きくなった。

「そ、そんなところ、舐めたら……」

「旦那さんは舐めてくれないんですか？」

陰唇をしゃぶりながら話しかければ、冬実は今にも泣き出しそうな顔で股間を見おろしてくる。そして、視線がからみ合うと、もう我慢できないとばかりに腰をよじりながらうなずいた。

「も、もう……あああッ、もうっ」

「だんだんわかってきましたよ。最初から旦那さんには頼めないことを、色事師に頼むつもりだったんですね」

とがらせた舌を膣口に押しこんでみる。予想どおり女体は激しく反応して、仰け反りながら痙攣した。

「はうううッ、お、お願い、ゆうくん、もういじめないで」

ついに冬実の瞳から大粒の涙が溢れて頬を伝った。

顔だけ見ていると、本当にいじめているような気分になる。だが、彼女の女壺からは大量の華蜜が溢れて、今も祐二の舌を締めつけていた。どうしようもないほど感じており、さらなる快楽を求めているのは明らかだった。

(俺も、もう……)

我慢できなくなっているのは祐二も同じだ。恥裂から口を離すと、正常位の体勢で覆いかぶさった。

我慢汁にまみれた亀頭を女陰にそっと押し当てる。すると、冬実は挿入を求めるように股間をグイッと迫《せ》りあげた。しかし、亀頭の先端がほんの数ミリ沈みこむだけで、奥まで呑みこむことはできなかった。

「ああンっ……ゆ、ゆうくん」

あの冬実が泣いている。ペニスがほしくて泣いているのだ。

「これがほしいんですね」

軽く腰を揺すり、亀頭で膣の浅瀬を刺激する。それだけで湿った蜜音が響き、さらに気分が盛りあがった。

「き、聞かないで……」

羞恥と興奮、それに期待が入りまじっているのだろう。冬実は帯で縛られた両手を握りしめて、呼吸をハアハアと乱していた。

「じゃあ、挿《い》れる前にひとつだけ教えてください。俺が色事師の代役をやってることは、最初から知ってたんですよね。俺が来るってわかっていて、どうして依頼したんですか？」

「そ、それは……」

冬実が視線をそらして言いよどむ。だから、祐二は亀頭を膣の浅い場所で遊ばせて、愛蜜をクチュクチュとかきまぜた。

「ああっ、は、早く……」

焦れるような刺激だけを与えられて、いよいよ性感が追いつめられたらしい。冬実が挿入をねだって腰をよじらせた。

「俺が色事師だって知っていたのに、どうして依頼したのか教えてください」

祐二も挿れたくてたまらなくなっている。しかし、冬実がどういうつもりで依頼したのか知りたい気持ちも強かった。

「ご、ごめんなさい、ゆうくんがかわいかったから……ゆうくんに抱かれるところを想像したら興奮して、だから、わたし……」

冬実はすすり泣きを漏らしながら告白した。

それは衝撃の事実だった。あのやさしかった冬実が、祐二とセックスしたくて夜這いを依頼した。しかも、縛られることで悦び、股間をぐっしょり濡らしている。今まさに、恥裂から愛蜜を垂れ流しているのだ。

「ふ、冬実さんっ」

祐二の欲望も限界に達している。亀頭で膣口を探り当てると、そのまま体重を浴びせかけるようにして挿入した。

「あああッ！」

冬実の唇から絶叫にも似た喘ぎ声が響き渡った。

二枚の陰唇を巻きこみ、亀頭がずっぷりはまりこむ。その直後、膣口が思いきり収縮して、カリ首を締めつけた。

「くうッ、す、すごいっ」

うなりながらも動きをとめず、そのまま根元まで挿入する。先端が深い場所まで到達して、膣道全体がウネウネと波打った。

「はああッ、お、大きいっ」

冬実は縛られた両手を頭上にあげたまま、女体を小刻みに震わせる。正常位で深々と貫かれて、あの淑やかなお姉さんが淫らな声で喘いでいた。

「う、動きますよ」

焦らしつづけたことで、祐二自身も最高潮に高まっている。もう余裕がなくなり、ふくれあがった欲望にまかせて腰を振りはじめた。

「ふ、冬実さんっ……ううゥッ」

女壺の締まりが強いため、カリが膣壁にめりこんでいる。それでもペニスを後退させては、再び根元まで押しこんでいく。その結果、互いの受ける快感がより大きくなり、自然とピストンが加速した。

「おおッ、おおおッ」

「あああッ、は、激しいっ」

結合部分から響く湿った音と、冬実の喘ぎ声が交錯する。

スタンドで照らされた彼女の顔は、淫らな色に染まっていた。眉を悩ましく歪めて歓喜の涙さえ流している。唇は開いたままになっており、端から透明な涎がトロトロと溢れていた。

(俺、本当に冬実さんと……)

彼女の喘いでいる顔が、牡の欲望を煽り立てる。

祐二は腰をリズミカルに振りながら、両手を伸ばして乳房を揉みしだく。指の間に乳首を挟んで刺激を与えつつ、柔肉に指をめりこませた。

「ああンっ、そ、そこは……」

冬実はせつなげな声を漏らして、濡れた瞳で見あげてくる。そして、さらなる刺激を求めるように上半身をくねらせた。

「ここが感じるんですね」

乳首を摘まんで転がすと、彼女は首が据わらない感じでガクガクとうなずいた。

「ああッ、い、いいっ」

喘ぎ声のトーンが高くなる。乳首を刺激しながらのピストンで、膣の締まりも一段と強くなった。

濡れ襞が太幹にからみつき、表面をくすぐるように這いまわる。同時に膣道がうねり、男根を奥へ奥へと引きこんでいく。絞りあげるような刺激がたまらない。膣襞が激しく蠢き、早くも射精欲がふくれあがった。

「くううッ、こ、これは……」

快感の波が次から次へと絶え間なく押し寄せる。しかも、波は打ち寄せるたびに大きくなり、祐二の全身を包みこんだ。

「ゆ、ゆうくん、あああッ」

冬実の喘ぎ声に誘われて、無意識のうちにピストンが激しさを増していく。愛蜜が溢れる女壺のなかで、肉棒を勢いよく出し入れした。

「おおッ……おおおッ」

「あッ、あッ、い、いいっ」

いつしか冬実も腰を揺らしている。祐二の抽送に合わせて、股間をしゃくりあげていた。

「す、すごい……ううッ」

ふたりの動きが一致することで、快感がより大きくなる。ピストンスピードを速めると、冬実の反応はより顕著になった。

「ああッ、も、もっと……あああッ」

縛られた両手で頭上のシーツをつかみ、女体を波打たせて感じている。華蜜はとめどなく溢れており、湿った音が大きくなった。

「もっとほしいんですね」

祐二は彼女の足首をつかむと、ペニスは挿入したまま持ちあげていく。豊満な尻がシーツから浮きあがり、やがて股間が真上を向いた。

「な、なにをするの？」

冬実が困惑した様子で尋ねてくる。

なにしろ女体をふたつ折りにするような格好で、自分の膝が顔につきそうになっているのだ。屈曲位と呼ばれる体位になり、ペニスが深々と突き刺さった。

「あううッ、お、奥まで……」

「ううッ、すごく締まってますよ」

やはり奥まで挿入できているらしい。話には聞いたことがあるが、実際にやるのはこれがはじめてだ。

「いきますよ……くおおッ」

真上から打ちおろすようにピストンする。硬直した肉柱で女体を貫き、深い場所までたたきこんだ。

「ああッ……ああッ……す、すごいっ」

冬実の喘ぎ声が大きくなる。奥が感じるのか、それともこの卑猥な格好に興奮しているのか、いずれにせよ感じているのは確かだった。

「うううッ、お、俺も……くううッ、き、気持ちいいっ」

祐二も呻き声を振りまき、勢いよくペニスを打ちこんでいく。

快感がピストンを加速させて、ピストンすることで快感が増幅する。結果として腰の振り方がより激しくなった。

「おおおッ……おおおッ」

「あぁッ、い、いいっ……いいのっ」

屈曲位で腰を振り、絶頂に向けて加速していく。もう力の加減もできず、ひたすらに快楽を求めて男根を出し入れした。

体重を浴びせて打ちこむと、亀頭が女壺の行きどまりに到達する。コツコツとノックすれば、膣が驚いたように収縮した。太幹を猛烈に締めつけられて、いよいよ絶頂の大波が轟音を響かせながら押し寄せる。

「おおおおッ、も、もうっ、もう出そうですっ」

「わ、わたしも、あああぁッ」

祐二が訴えると、冬実も女体を激しく震わせる。ふたり同時に絶頂への急坂を駆けあがり、ついに快楽の咆哮《ほうこう》を響かせた。

「で、出るっ、出る出るっ、くおおおおおおおッ！」

女壺の奥深くに埋めこんだペニスが脈動して、灼熱のザーメンがほとばしる。根元まで埋まっているため、膣の締めつけがより強く感じられた。吸いこまれるような快楽に溺れて、大量の精液が噴きあがった。

「あああッ、イ、イクッ、ああああッ、イックうううッ！」

あられもないよがり声とともに、屈曲位で押さえこまれた女体が痙攣する。冬実は夫ではない若いペニスを膣の奥まで咥えこみ、手首を縛られたままで背徳的なアクメに酔いしれた。

股間をぴったり密着させたまま、絶頂をじっくり味わった。

真上から大量に注ぎこんだ精液は、敏感な媚肉を焼きながら、膣の最深部へと流れこんだ。

「まさか、冬実さんに呼ばれるとは思いませんでしたよ」

身なりを整えると、祐二はポツリとつぶやいた。

無理に話をする必要はない。女性を満足させることができれば、あとは黙って立ち去っても構わなかった。実際、これまではほとんどそうしていた。しかし、今夜の相手は小さいころに遊んでもらった冬実だった。

絶頂の余韻が冷めていくにつれて、気まずさがこみあげてくる。

冬実は裸のまま布団をかぶり、こちらに背中を向けていた。満足してくれたと思うが、なにも言ってくれない。きっと彼女も気まずいに違いなかった。

「じゃあ、これで……」

最後にもう一度声をかける。だが、やはり冬実は答えてくれなかった。

最高のセックスだったが、もう以前のような関係には戻れないだろう。それを考えると、無性に悲しくなってきた。

色事師になった以上、避けては通れない道だった。

胸にこみあげてくるものがある。幼いころの冬実との思い出が、脳裏をよぎっては消えていった。

(さようなら……)

祐二は心のなかでつぶやき背中を向けた。

「ごめんね……ありがとう」

消え入りそうな声だった。

「なっちゃんと仲よくしてあげてね」

冬実は静かにつぶやくと、それきり黙りこんだ。

どういうつもりで言ったのだろう。だが、聞き返せる雰囲気ではない。祐二はそのまま冬実の前から立ち去った。

第五章　湯けむり蜜戯

1

ベッドで目を覚ました祐二は、思いきり伸びをした。

清々《すがすが》しい朝だった。カーテンを開け放てば、眩《まばゆ》い朝陽が差しこんでくる。思わず目を細めて、田んぼが広がる村の長閑な景色を見まわした。

明日は東京に帰る日だ。

長いようで短かった三週間だった。色事師の役目を引き受けて、最初はどうなることかと思ったが、なんとか最後までやり通した。

今は大きなことをやり遂げた気分だ。肉体関係を持ったことで気まずくなってしまった人もいるのが残念だったが、これは村の風習だから仕方がない。それに、きっと時間が解決してくれるのではと思うようになった。

脳裏には冬実の顔が浮かんでいる。

三日前の夜、あの冬実を帯で縛り、ペニスで深々と貫いた。思いきり腰を振りまくって、精液をたっぷり注ぎこんだ。

彼女が望んだこととはいえ、あれだけ激しいセックスをしたのだ。記憶が薄れて以前の関係に戻るまでは時間がかかるだろう。

とにかく、童貞を卒業できたことはよかったと思っている。女性経験も積んで男として自信もついた。帰省する前の自分とは変わった気がする。今なら好きな人に想いを伝えることができそうだ。

（よし、行こう……）

祐二は朝陽を浴びながら決意を固めた。

さっそく服を着替えると部屋を出て、居間に向かう。すると、すでに志乃と章一が食卓についていた。

「おはようございます」

できるだけ自然に挨拶する。

志乃に筆おろしをしてもらったことは、いい思い出だ。しかし、顔を見るとどうしても意識してしまう。これもきっと時間が解決してくれると信じていた。

「おはよう。今朝は早いのね」

志乃がにこやかに声を挨拶してくる。そして、すぐに朝食の支度に取りかかってくれた。

「明日、帰るから、いろいろやることがあって」

祐二がさらりと答えれば、今度は章一が顔をあげる。足の怪我はなんとか治り、色事師として復帰できることになっていた。

「おまえが帰ってきてくれて助かった。ありがとう」

あらたまった様子で礼を言われて、くすぐったい気分になる。家業を手伝うのは当然と思っている節があったので、兄の態度は意外だった。

「これからも、なにかあったら頼むことがあるかもしれない。そのときはよろしく頼むぞ」

「そ、それは……」

即答はできない。三週間やってみてわかったが、色事師は生半可《なまはんか》な気持ちでできるほど甘くはなかった。

「とにかく、兄さんの足が治ってよかったよ」

祐二は話をずらして、ひきつった笑みを浮かべる。すると、章一も追及することなく小さくうなずいた。

「予定どおり依頼は入っていない。今夜はのんびりしてくれ」

「うん、そうするよ」

最後の夜はゆっくりできそうだ。

色事師の代役は昨夜が最後だった。緊張から解放されて、ようやく心からほっとできた。


朝食を終えると、祐二は日課である散歩に出た。

しかし、今日はいつもの暇つぶしの散歩とは違っている。夏希に会うため、「割烹吉野」に向かうと決めていた。

先日のことを思い出す。

祐二が色事師のことを黙っていたため、夏希は機嫌が悪かった。だが、打ち明けたことで、不満はある程度解消されたと思う。とはいえ、色事師というお役目自体が問題だったかもしれない。それ以来、夏希とは会っていない。

(こうなったら……)

もっと深い話をするつもりだ。

どうしても、東京に帰る前に会っておきたい。直接会いにいけば、少しくらいは話せるだろう。冬実に会う可能性を考えると行きづらいが、今はそんなことを言っている場合ではない。このまま夏希に会わないで東京に帰れば、距離がどんどん開いてしまう気がした。

数分後、祐二は年季の入った二階建ての建物の前に立っていた。入口の引き戸の上に、割烹吉野と書かれた看板がかかっている。三日前にここで冬実を夜這いした。それを思うと複雑な気持ちになってしまう。

(今は、なっちゃんのことだけ考えるんだ)

意識的に冬実のことを意識の外に追いやった。夏希のことだけを考えて、入口を潜った。

「いらっしゃいませ」

奥から声が聞こえてくる。顔を見る前から夏希の声だとわかった。

一拍置いて夏希がやってきた。そして、祐二の顔を見るなり、あからさまに表情が硬くなった。

「ゆうちゃん……どうしたの？」

声のトーンを抑えて語りかけてくる。どこか素っ気ないのが気になった。

「俺、明日、帰るから……」

祐二が切り出しても、夏希の表情はまったく変わらない。なんとなく話しづらい雰囲気が漂っていた。

「しばらく会えなくなるから、会っておきたかったんだ」

「そう……」

「本当はもっと、なっちゃんといろんなことを話したかったんだ。だから、ちょっと外で話せないかな」

なるべく自然な会話を心がける。ところが、夏希の表情は硬いままだ。なぜか拒むような空気さえ伝わってきた。

「忙しいから無理よ……」

「そ、そう……忙しいんだね」

どうにも会話が盛りあがらない。彼女は話したくないのか、ろくに目も合わせてくれなかった。

とてもではないが告白できる雰囲気ではない。祐二はあきらめて、一歩あとずさりした。

「なんか……ごめん、仕事中に」

こんな状態で東京に戻りたくないが、どうすることもできない。取りつく島がないとはこのことだった。

「忙しいところ、ありがとう。なっちゃんの顔が見たかったんだ」

「うん……」

夏希の反応はやはり薄い。もうこれ以上話しても無駄だった。

「じゃあ……」

祐二は軽く手をあげて、割烹吉野をあとにした。夏希が呼びとめてくれることを期待したが、声は聞こえてこなかった。

(次に帰省したときは、きっと……)

今回は告白できなかったが、次回は必ずアタックしようと心に誓う。

(しかし、なっちゃん、どうしたのかな……)

夏希はどうしてあんなに素っ気なかったのだろう。彼女の態度が気になったが、今はどうすることもできず、祐二は立ち去るしかなかった。

2

翌日、朝食を摂ると、祐二は自室で荷物をバッグにつめていた。

昼前にはここを出て東京に向かう予定だ。

夏希に告白できなかったのだけは心残りだが、いろいろ貴重な体験をした。とにかく、激動の三週間だった。

色事師というお役目があることをはじめて知り、しかも、その代役をいきなりまかされた。童貞の自分には無理だといったんは断った。しかし、兄に頼まれて、結局は引き受けた。

兄嫁の志乃に初体験の相手をしてもらったことも感慨深い。その後は何人もの女性と身体の関係を持った。わずか三週間でかなりの経験を積むことができた。

(でも、なっちゃんとは……)

想いを伝えられないまま、東京に帰ることになるだろう。

淋しいことだが、昨日の雰囲気ではどうにもならなかった。ただ、チャンスがなくなったわけではない。次回の帰省はゴールデンウィークか夏休みになるだろう。そのとき、あらためて夏希に告白するつもりだった。

（そろそろ時間だな……）

今まさに立ちあがろうとしたとき、部屋のドアがノックされた。

この時間、章一は神社に行っているはずだ。ということは、ノックするのは志乃しかいなかった。

「はい」

慌ててドアを開ける。すると、そこにはなぜか章一が立っていた。

「に、兄さん？」

祐二は思わず首をかしげた。

白衣に紫色の袴《はかま》という宮司の装束を身に着けているので、神社から直接やってきたのだろう。なにか急用でもあるのだろうか。

「東京に帰るのを一日延ばしてくれないか」

唐突な言葉だった。すぐには反応できずに立ちつくしてしまう。すると、章一は構うことなく話しかけてきた。

「今夜なんだが、急遽、依頼が入ったんだ」

この日はなにもないはずだった。ところが、急に夜這いの依頼が入ったという。

「でも、兄さんが……もう大丈夫なんでしょ？」

「俺もそのつもりだったんだが、やはり足がまだ本調子でなくてな」

章一はなにやらむずかしい顔をしている。もしかしたら、足の具合が悪くなったのだろうか。

「痛むの？」

「いや、普通の生活をするぶんには問題ない。夜這いも大丈夫だろう。ただ、今夜の依頼場所が共同浴場なんだ」

兄の言葉を聞いて、祐二も納得した。

村には温泉が湧いており、共同浴場が設けられている。これは村に住む者が無料で使える施設だ。ただ山の中腹にあるので、道が険しく、向かうのが少々大変だった。

「あそこに行くのは、ちょっとな」

章一がそう言うのも理解できる。まだ足に負担をかけたくないと思うのは当然のことだった。

「これで最後だ。おまえが行ってくれ」

強い口調で章一が頼んできた。

（帰ろうと思ったのに……）

祐二は心のなかでつぶやくが、それを口に出すことはできない。大学はまだはじまっていないので、帰京を一日延ばしても問題なかった。

「わかったよ。明日、東京に帰ることにする」

そう答えるしかない。足の怪我が治ったばかりの兄に負担はかけられない。

不思議なもので、引き受けると決めたとたん、今度はどんな人妻が待っているのか気になってくる。大抵は自宅だが、共同浴場を夜這い場所に指定するとは、なにか事情があるのだろうか。

夫のことを思い出す自宅を避けたいのかもしれない。そうなると、貞淑《ていしゅく》な人妻という可能性もある。

(気になるな……)

最後の夜這いだと思うと、どうにも落ち着かない。そして、緊張すると同時に妖しい興奮も湧きあがってきた。

3

深夜零時前、祐二は共同浴場の前に立っていた。

木造の簡易な脱衣所があり、その奥に露天風呂がある。夜の利用は九時までとなっており、脱衣所は役場の担当者が鍵をかけることになっていた。

(本当に誰かいるのか?)

指定された時間は深夜零時だ。

周囲はまっ暗で、懐中電灯がなければなにも見えない。こんなところに女性がひとりでやってくると思えなかった。

祐二は懐中電灯で照らしながら、脱衣所のドアノブをつかんだ。そっとまわしてみると、鍵はかかっていなかった。

(開いてる……)

一気に胸の鼓動が速くなる。

ゆっくりドアを開けると土間があり、すぐそこが脱衣所だ。裸電球が灯っていて、狭い室内を照らしていた。

共同浴場は混浴で、脱衣場も男女が分かれていない。木製の棚があるだけの、簡単な作りだ。奥にガラス戸があり、その向こうが露天風呂になっている。だが、外は暗くて、よく見えなかった。

棚のひとつにバスタオルが置いてある。すでに誰かが来ているのだ。本来の入浴時間はとっくにすぎている。温泉に浸かっているのは、依頼者の女性と思って間違いないだろう。

祐二も持参したバスタオルを棚に置くと、服を脱いで裸になった。

この瞬間だけは何度経験しても慣れることがない。極度の緊張のため、ペニスはダラリと垂れさがっていた。

（よし、行くぞ）

心のなかで気合を入れると、ガラス戸に手をかける。ゆっくりスライドさせて、外に一歩踏み出した。

脱衣所から漏れる明かりが、岩風呂をぼんやり照らしている。周囲は竹垣に囲まれており、外からは見えない作りだ。湯煙がもうもうと漂っており、その向こうに人影が見えた。

（あの人だ……）

浴槽の一番奥で、女性がこちらに背を向けて湯に浸かっていた。

黒髪を後頭部でまとめており、白いうなじが剝き出しになっている。湯から白い肩がのぞいており、肌はきめ細かくてなめらかそうだった。

これまで相手にしてきた女性と比べると、ずいぶん若い感じがした。

ガラス戸を開閉する音で、祐二が来たことはわかっているだろう。それなのに女性はこちらを向こうとしなかった。

祐二は迷ったすえ、木桶でかけ湯をして湯船に足を浸けた。さらに腰を落として肩まで浸かると、ほどよい温度で体がじんわり温まっていく。腰を落とした状態で、女性の近くまでゆっくり進んだ。

(やっぱり、若いな)

肌艶がいいので若妻ではないか。それでいながら、黒髪を結いあげているため、露になったうなじが色っぽかった。

「よ……夜這いに参りました」

緊張ぎみに語りかける。

女性は微かに肩を揺らすが、こちらを向こうとしなかった。明らかに聞こえているのに、それでもじっとしていた。

(い、いいんだよな)

相手を間違えると大変なことになるが、これは承諾と取っていいだろう。

まずは両手で肩にそっと触れてみる。見た目どおり、肌はスベスベしており滑らかだ。手のひらに伝わる感触だけで、気分が一瞬にして高揚する。両肩をやさしく撫でまわして、後《おく》れ毛が二、三本垂れかかるうなじに唇を寄せた。

「あっ……」

そっと口づけすると、女性の唇から小さな声が溢れ出す。ほんの短い声だが、聞き覚えがある気がした。

（えっ、まさか……）

頭に浮かんだ考えを即座に打ち消す。きっと邪念があるから、声を聞き間違えたのだろう。

とにかく、夜這いの依頼があれば、その女性が誰であろうと満足させるのが色事師の使命だ。実際、知り合いだったこともあるが、しっかり絶頂を与えて満足させてきた。それは今夜も同じだ。

祐二は心を落ち着かせると、もう一度、唇をうなじに押し当てた。

「あンっ」

女性の反応は先ほどよりも大きかった。くすぐったさに肩をすくめて、浴槽の湯がチャプンッと揺れた。

（この声……似てる）

やはり聞き覚えのある声だ。

もう確かめずにはいられない。祐二は女性の肩をつかむと、身体をこちらに向けようとする。ところが、彼女は力をこめて抗った。

「ちょっといいですか」

祐二は思いきって強引に顔をのぞきこんだ。

「えっ……な、なっちゃん」

やはり夏希だった。

彼女は頬を淡いピンクに染めて、瞳を潤ませている。うつむき加減で、どこかおどおどした感じだ。思わず湯のなかの女体に視線を向ければ、恥ずかしげに乳房と股間を手のひらで覆い隠した。

「ど、どうして、なっちゃんが……」

それ以上、言葉にならない。祐二は驚きのあまり、夏希の顔をのぞきこんだ格好で全身を硬直させていた。

髪を結いあげていたため、後ろ姿ではわからなかった。幼なじみのことはなんでも知っているつもりでいた。しかし、こんなにもきれいで色っぽいうなじをしていたとは、まったく気づかなかった。

「肩……痛いよ」

夏希が小声でつぶやいた。

「ご、ごめん」

指摘されて、慌てて手を離す。

彼女の肩をつかんだままだった。動揺が激しく、軽い目眩《めまい》に襲われた。なにが起きているのか、まったく把握できていなかった。

「ど、どういうこと？　なっちゃんは依頼者の知り合いなの？」

「違うよ。わたしが依頼したんだよ」

夏希は顔をうつむかせている。目は合わせてくれないが、その声はしっかり届いていた。

「ウ、ウソだろ……なんで？」

冗談を言っている様子はない。夏希は思いつめたように下唇を噛みしめている。なにを考えているのか、まったくわからなかった。

「理由を言わなくちゃいけないの？」

夏希が拗《す》ねたようにつぶやいた。

確かに理由を説明する必要はない。ただ、これまでの依頼者はすべて人妻で、独身女性はひとりもいなかった。しかも、夏希はまだ二十歳だ。欲求不満を抱えこんでい

ると は思えなかった。

「色事師は、依頼者が村の女なら誰でも満足させてくれるんでしょ？」

不服そうに言うと、夏希が顔をあげて見つめてきた。

「そ、そうだけど……」

祐二はとまどいを隠せなかった。

依頼者は既婚者に限るという規定はないが、まさか二十歳の夏希が依頼してくるとは思わない。なにより、夏希は祐二が色事師だと知っていた。それなのに、どうして依頼したのだろうか。

「な、なっちゃん、よく考えたほうがいいよ。今からだって、キャンセルできるんだからさ」

お役目を実行して、あとで気まずくなるのはいやだった。

しかし、色事師である祐二に、依頼を突っぱねることはできない。依頼者の夏希がキャンセルしなければ、いかなる理由があろうとも、情を交わして満足させなければならなかった。

（まさか、なっちゃんと……）

つい視線が女体に向いてしまう。

湯のなかで白い裸体が揺れている。脱衣所から漏れてくる明かりが、ぼんやりと照らし出していた。

乳房と股間をそれぞれ手のひらで隠しているのが、かえって色っぽい。昔は泥だらけになって遊んでいた幼なじみが、これほど女っぽい身体になっていたのだ。そのことをはじめて知り、胸の高鳴りを抑えられなかった。

(で、でも、やっぱりダメだ)

祐二は自分自身に言い聞かせて気持ちを引きしめた。

(なっちゃんとは……)

夏希とセックスしたい気持ちはある。だが、それは色事師としてではなく、恋人同士としてしたかった。

「なんで色事師の依頼なんてしたんだよ」

ストレートに尋ねてみる。すると、夏希は唇をとがらせてにらんできた。

「そんなこと、ゆうちゃんに関係ないでしょ」

どうしても言いたくないらしい。だが、祐二も理由を聞くまで、引きさがるつもりはなかった。

「早くしてよ」

言葉とは裏腹に、夏希は自分の身体をしっかり抱きしめている。

きっと見られるのが恥ずかしいのだろう。それなのに、自棄《やけ》になっているようにも見える。そんな彼女の頑なな心を、なんとかほぐす必要があった。それには、理由を聞き出さなければ、なにもはじまらない。

「なっちゃんが言うまで、俺はなにもしない」

「色事師がそんなことでいいの？　章一さんに言いつけるよ」

夏希は顎をツンとあげて言い放った。

厳しい兄の名前を出せば、祐二が折れると思ったのだろう。だが、たとえ兄に怒られることになっても、彼女の気持ちを知りたかった。

「俺は色事師としてここに来たけど、今は違う。なっちゃんの幼なじみとして聞いてるんだ」

祐二もにらみかえすと、夏希も目に力をこめる。しかし、ふいに顔をうつむかせたと思ったら、瞳をあっという間に潤ませた。

「わたしにも、してよ」

一転してささやくような声だった。

なにか様子がおかしい。「わたしにも」とは、どういう意味だろうか。祐二がなにも答えられずにいると、彼女は再び口を開いた。

「見ちゃったの。四日前の夜……」

そう言われてドキリとする。

四日前といえば、冬実を夜這いした日だ。夏希にだけは知られたくなかったが、まさか気づいてしまったのだろうか。いや、まだそうと決まったわけではない。守秘義務もあるので、認めるわけにはいかなかった。

「紅葉の間で」

夏希の声は思いのほか穏やかだ。すべてを確信しているから、声を荒らげる必要はないのだろう。

「お姉ちゃんがゆうちゃんと……ちょっと、ショックだったな」

「な、なっちゃん、わ、わかった……もう、わかったから……」

慌てて夏希の言葉を制した。

あの夜、紅葉の間で行なわれていたことを見ていたのだろう。夏希は胸を痛めている様子で、今にも涙がこぼれそうなほど瞳を潤ませていた。

「冬実さんにも事情が……」

姉と祐二がしているのをた見たら、夏希が驚くのは当然だろう。祐二はなんとかフォローしようとするが、なぜか彼女は首をゆるゆると左右に振った。

「お姉ちゃんのことじゃないの。ゆうちゃんがいろんな女の人とあんなことしてるなんて……色事師だって知ってはいたけど……」

夏希の瞳から大粒の涙が溢れ出した。白い頬を伝い流れて、顎先から湯船へと滴《したた》り落ちていく。

「ちょっと……ううん、すごく嫉妬しちゃった」

「な、なっちゃん……」

嫉妬という言葉が頭のなかをグルグルまわっている。夏希が嫉妬をしたということは、自分のことを想ってくれているのだろうか。

「それでね……章一さんに相談したの」

静かに涙を流しながら、それでも夏希は健気に語りつづけた。

「村の女の人を救うのがお役目なら、わたしのこともなんとかしてくださいって。だって……わたしも、ゆうちゃんと……」

ついに夏希はしゃくりあげる。まともにしゃべることができなくなり、両手で顔を覆って泣き出した。

（なっちゃんが……本気で俺のことを？）

だが、それなら昨日の素っ気なかった態度も納得できる。冬実を夜這いする様子をのぞき見して、嫉妬に駆られていたのだろう。悩んだ挙げ句、章一に相談して、急遽、夜這いが決定したのだ。

(兄さんも知ってたのか……)

普段は無口で淡々としているが、兄の気遣いを垣間見た気がした。

夜這い場所を共同浴場にしたのは、きっと章一の案だろう。足の怪我のことを持ち出せば、祐二が断れないと踏んだに違いない。

「ごめん……俺、なんにもわかってなくて」

申しわけない気持ちになり、夏希の震える肩に手をまわした。

そのまま抱き寄せれば、夏希は抗うことなく祐二の胸板に頬を押し当ててくる。そして、幼子のように泣きじゃくった。

4

「本当に、俺でいいの？」

今さら尋ねる必要はないが、確認せずにはいられない。

「ゆうちゃんじゃないとダメなの」

夏希は胸板に抱きついたままつぶやいた。

「なっちゃん……」

祐二は女体をしっかり抱きしめると、耳もとでささやきかける。すると、夏希が顔をあげて見つめてきた。

今ならはっきりと告白できる。

「俺、なっちゃんのことが好きだ。だから、色事師としてではなく、沢木祐二としてなっちゃんを抱くよ」

祐二もまっすぐ見つめ返して、気持ちをぶつけていく。色事師として多くの女性たちと情を交わしてきたが、夏希への想いは本物だ。ほかの女性を抱いていても、心はいつも彼女へと向いていた。

「ゆうちゃん……うれしい」

夏希が再び涙ぐみ、キスをねだるように顔を上向かせる。祐二はためらうことなく唇を重ねていった。

「ンっ……」

微かに鼻を鳴らして、夏希が祐二の首に腕を巻きつける。

祐二は舌先で彼女の唇をなぞると、そのままヌルリッと侵入させた。柔らかくて熱い口腔粘膜を舐めまわせば、夏希の身体が驚いたように硬直する。それでも構うことなく、舌をからめとり、甘い唾液をすすりあげた。

「はンンっ」

照れているのか、夏希は受け身にまわっている。抗う様子はなく、すべてを祐二にまかせていた。

（なんてかわいいんだ。ああっ、なっちゃん）

口づけを交わしていることが信じられなかった。

ふたりは物心つく前から遊んでいた幼なじみだ。兄妹のように思っていた時期もある。それなのに、いつしか恋愛感情が芽生えて、気づいたときには好きで好きでたまらなくなっていた。

友人としては仲がよかったが、夏希は自分のことはそれ以上には思っていない、恋愛対象に入っていないと思いこんでいた。叶わぬ恋だと思っていたので、なおさら感激は大きかった。

「なっちゃん、好きだ」

唇を離すと、もう一度、瞳を見つめて告白する。夏希は真珠のような涙を流しながら、こっくりとうなずいてくれた。

祐二は彼女の手を取り、湯船のなかで立ちあがらせる。脱衣所から漏れてくる明かりが、幼なじみの裸体を照らし出した。

雪のように白い肌が湯を弾いている。乳房は小ぶりだが張りがあり、なだらかな曲線を描いていた。その頂点には、鮮やかなピンクの乳首がちょこんと乗っている。腰は見事にくびれており、恥丘はふっくらと肉厚だ。陰毛は生まれつき薄いのか、濡れて恥丘に貼りついても縦溝が透けていた。

お転婆《てんば》だった夏希が、これほど美しい女体だとは知らなかった。思わず見惚《みと》れていると、夏希が身をよじって肩をすくめた。

「そんなに見ないで……恥ずかしいよ」

「あっ、ご、ごめん。あんまりきれいだったから」

幼なじみを褒めるのは照れくさい。自分の言葉に赤面すると、夏希も耳までまっ赤に染めあげた。

「お世辞でもうれしいよ」

「お世辞なんかじゃないって。本当にきれいだって思ったんだ」

つい力説して、またしても顔が熱くなる。それでも、本気で言ったことをわかってほしかった。

「うれしい……ありがとう」

夏希は礼を言うが、乳房と股間を手のひらで隠してしまう。そして、腰をもじもじとよじらせた。

「どうして隠すんだよ。せっかくきれいなのに」

「だって……」

なにかを言いかけて、夏希はふいに黙りこんだ。しばらく悩んでいる様子だったが、やがて意を決したように口を開いた。

「じつはね……経験ないの」

消え入りそうな声だった。

つまり夏希はヴァージンなのに、夜這いの依頼をしたことになる。祐二は驚きのあまり黙りこんでしまう。ほんの数秒、おかしな間が空いて、夏希は見るみる不安げな顔になった。

「やっぱり、困るよね……はじめてなんて重すぎるよね」

「そんなことないよ。うれしかったんだ」

祐二がすぐに答えなかったので誤解を招いていた。慌てて口を開くと、女体をしっかり抱きしめた。

「俺がはじめてでもいいんだね」

「うん。ゆうちゃんがいい」

夏希の言葉が背中を押してくれる。祐二は彼女のなめらかな背中を撫でて、その手を前にまわしていく。そして、小ぶりな乳房をそっと揉みあげた。

「ンンっ……」

男に愛撫されるのもはじめてなのだろう。夏希の唇からとまどいの入りまじった声が溢れ出した。

乳房は手のひらにちょうど収まるくらいの大きさだ。張りがあるのに柔らかく、指を軽く曲げるだけでも簡単に沈みこんでいく。手のひらで表面を撫でて、まだ柔らかい乳首を刺激した。

「どこが感じるのかな?」

「よ、よくわからない。こういうの、全然、経験ないから……」

セックスだけではなく、愛撫もまるで経験がないという。そういうことなら、前戯にじっくり時間をかける必要があるだろう。祐二は焦ることなく、手のひらで乳房を撫でつづけた。

露天風呂で立ったまま愛しい女体をまさぐっている。立ちのぼる湯気が幻想的で、ますます気分が盛りあがった。

「はンっ……ちょっと、くすぐったいかも」

乳首に触れられるとくすぐったいらしい。それでも刺激を与えているうちに充血して、ぷっくりふくらんできた。

「硬くなってきたよ」

指先で摘まんで、そっと転がしてみる。とたんに女体が小刻みに震えて、足もとの湯がチャプチャプと音を立てた。

「そ、それ、くすぐったい……はンンっ」

夏希の眉が困ったように歪んでいく。口ではくすぐったいと言っているが、腰をしきりによじらせる姿は妙に色っぽい。祐二は双つの乳首を交互に転がして、甘い刺激を送りつづけた。

「ほら、こうすると気持ちいいだろ」

中腰になって乳房に顔を寄せると、乳首を口に含んだ。そのとたん、女体がピクッと反応した。

「あっ……」

夏希の唇から小さな声が溢れ出す。

愛撫されるのがはじめてなら、乳首を舐められる刺激は強烈に違いない。舌を這わせて唾液を塗りつけては、やさしくチュウチュウと吸いあげる。乳首はますます硬くなり、女体の反応も大きくなった。

「な、なんか、ヘンな感じだよ……あンンっ」

訴えてくる声が震えている。くすぐったさより、快感のほうが大きくなっているのだろう。いつしか表情も艶めいていた。

もう立っていられないほど膝が震えている。はじめての愛撫で身体が驚いているのかもしれない。祐二の肩につかまり、なんとか耐えているが、今にもくずおれそうになっていた。

「ここに座って」

湯船の縁を固めている岩のひとつに夏希を座らせる。そして、祐二は彼女の目の前でしゃがみこみ、膝をゆっくり左右に割り開いた。

「やだ、恥ずかしいよ」

そう言いつつ抵抗しない。夏希は岩に腰かけた格好で、両脚を大きく開いて股間を晒した。

「見ないで、お願い……」

両手で顔を覆って恥じらう姿がかわいらしい。しかし、脚は閉じることなく、ミルキーピンクの女陰が剝き出しになっている。ヴァージンの陰唇はまったく形崩れすることなく、ぴったり口を閉ざしていた。

（これが、なっちゃんの……）

祐二は思わず言葉を失った。

色事師として何人もの女性と関係を持ってきたが、これほど清らかな女陰に出会ったことはない。

処女の陰唇を目の当たりにして、牡の欲望が激しく湧きあがってくる。白い内腿に両手をあてがうと、清楚な割れ目にむしゃぶりついた。

「なっちゃんっ、うむむッ」

「あああッ、ダメぇっ」

夏希が困惑の喘ぎ声を振りまき、両手で頭を押し返そうとする。だが、祐二は女陰から口を離さず、舌を伸ばして舐めまわした。

二枚の陰唇は溶けてしまいそうなほど柔らかい。舌で舐めあげては、隙間から染み出す透明な汁をジュルルッとすすり飲む。内腿に痙攣が走り、さらなる華蜜が溢れ出した。

「そ、そんなところ、いやっ……あぁッ」

頭を押し返す手から力が抜けていく。やがて夏希は両手を背後につき、上半身を反らしはじめた。

「や、やめて、はンンっ、舐めないで」

口ではそう言っても、もう愛撫を受け入れている。恥裂を舐めあげるたび、声を漏らして女体を小刻みに震わせた。

「感じてるんだね」

内腿の柔らかい部分を撫でつつ、女陰を舐めしゃぶる。舌先を割れ目に軽く押しこみ、クリトリスを探り当てるとねぶりまわした。

「ひンっ、そ、そこ……」

夏希がしっかり反応してくれるから、自然と愛撫に熱が入る。充血して肥大したクリトリスを吸いながら、両手を伸ばして乳首を軽く摘まみあげた。

「あッ、そこ……あぁッ」

はじめてのクンニリングスに困惑しているのだろう。夏希は自分の股間を見おろして、首をゆるゆると左右に振りたくった。

「ダ、ダメっ、ヘンな感じだよ」

「それが感じてるってことだよ」

祐二は声をかけながら、不思議な気分に浸っていた。

三週間前は自分が教えてもらう立場だった。童貞でなにも知らず、文字どおり手取り足取り村の女たちからセックスを学んだ。それなのに、今はヴァージンの夏希に快楽を教えこんでいた。

「俺にまかせて。なっちゃんは楽にしていれば大丈夫だから」

「う、うん……」

夏希がうなずくのを確認して、とがらせた舌先を膣口に埋めこんでいく。そこは熱く蕩けきっており、華蜜をたっぷり湛えていた。

「はンンッ」

岩に腰かけた女体がビクッと大きく仰け反った。

愛蜜の量は増えつづけており、女陰も熱く火照っている。もう、すっかり準備は整っていた。

(そろそろ、いけるんじゃないか)

ヴァージンを相手にするのは、これがはじめてだ。しかし、夏希のほうが緊張しているに決まっている。ここは自分がリードしなければならなかった。

祐二は立ちあがると、彼女の脚の間に腰を進めた。

ペニスはかつてないほど屹立している。ずっと片想いをしていた幼なじみと結ばれるのだ。異常なほどの興奮が全身にひろがり、亀頭の先端からは大量のカウパー汁が滴るほど溢れていた。

「そ、そんなに大きいの？」

夏希が目を見開き、驚きの声をあげる。長大な肉柱を見つめて、頬の筋肉をひきつらせた。

「む、無理だよ……怖い」

弱気な声でつぶやくが、祐二はそのままペニスを股間に近づけていく。そして、亀頭を女陰の狭間に押し当てた。

「ま、待って……」

「大丈夫、ゆっくり挿《い》れてみよう」

本当は祐二も自信がない。それでも静かに声をかけて、少しずつペニスを押しつけていく。すると、女陰が内側に入りこみ、亀頭の先端が数ミリ沈みこんだ。

「はうううッ」

夏希の顎が跳ねあがる。眉間に縦皺が刻みこまれると同時に、眉が八の字に歪んでいく。さらにペニスを送りこめば、亀頭がなにかに行く手を阻《はば》まれた。

(こ、これが、処女膜か?)

緊張感が最高潮に達している。祐二はいったん動きをとめると、夏希の顔を見おろした。

「なっちゃん……いくよ」

「う、うん……お、お願い」

怖くてたまらないのだろう。顔がこわばっているが、それでも夏希は小さくうなずいた。

意を決して、ペニスをじりじり押しこんでいく。湯船の底で両足を踏んばり、腰に少しずつ力をこめる。亀頭が処女膜を圧迫して、ふいにメリメリッという感触が伝わってきた。

「ひンンンッ」

夏希が奥歯を食い縛り、唇の隙間から甲高い声をほとばしらせる。突然、ペニスがはまりこむと同時に、女体が大きく反り返った。

(は、入った……入ったぞ)

ついに処女膜を破ることに成功した。ペニスが夏希の膣に収まったのだ。勢いのまま一気に根元まで入りこみ、膣が瞬間的に収縮した。

「ぬううぅッ」

たまらず低い声が漏れてしまう。締めつけが強烈で、とてもではないが黙っていられなかった。

夏希のはじめての男になったと思うと、腹の底から喜びがこみあげる。それと同時に快感がひろがり、慌てて全身の筋肉に力をこめた。

（こ、これが処女の……すごい）

経験したことのない強さでペニスが絞りあげられる。媚肉は敏感に反応して、太幹にからみついてきた。

夏希は苦しげに目を閉じている。背後に手をついた格好で、破瓜《はか》の痛みに耐えながら黙りこんでいた。

「な、なっちゃん……は、入ったよ」

祐二が声をかけると、彼女は目を閉じたまま微かにうなずく。だが、声を出す余裕はないらしく、口を開くことはなかった。

思いきり腰を振りたい衝動にかられるが、今は動かないほうがいいだろう。じっとしていれば、膣がペニスの太さに慣れるかもしれない。できるだけ夏希を苦しめたくなかった。

「ゆ、ゆうちゃん……うれしい」

しばらくすると、夏希がかすれた声でつぶやいた。

しかし、まだ痛みがあるのか、唇が小刻みに震えている。瞳も潤んでいるが、夏希は無理をして微笑んだ。

「わたしたち、やっと……ひとつになったんだね」

彼女の言葉が胸に染み渡っていく。

ようやく願いが叶ったことを実感して、祐二も思わずもらい泣きしそうになる。涙をこらえていると、夏希が微かに腰をよじらせた。

「ううっ……な、なっちゃん？」

膣に埋まっているペニスに快感が走り、祐二は思わず呻いてしまう。すると、夏希が熱い眼差しを向けてきた。

「う、動いていいよ……」

「でも……」

「最後までしてほしいの」

切実な思いのこもった言葉だった。

挿入するだけでは満足していないのだろう。夏希は最後までセックスすることを望んでいた。

「じゃあ、ゆっくり動くよ」

祐二は慎重に腰を振りはじめた。

根元まで埋めこんだペニスをじりじり引き出し、再び時間をたっぷりかけて埋めこんでいく。超スローペースのピストンだ。それでもカリが膣壁を擦りあげて、強い刺激を与えていた。

「ンっ……ンンっ」

夏希は眉をせつなげに歪めると、下唇をキュッと嚙む。膣がペニスの太さに慣れてきたのか、最初ほど苦しんでいる様子はなかった。

「無理をしなくてもいいんだよ、ダメだったら、すぐにやめるから」

「だ、大丈夫……そのまま、つづけて……」

彼女が望むなら、やめるわけにはいかない。祐二は根気強く、超低速のまま腰を振りつづけた。

「ンぁっ……はンンっ」

するると、徐々に夏希の喘ぎ声が変化してきた。もしかしたら、快感が湧きあがってきたのではないか。表情もどこか柔らかくなってきた。

（よ、よし、もう少しだ……）

祐二は腰振りの速度はそのままに、両手を伸ばして乳首をそっと摘まみあげる。そして、指先でクニクニと転がした。

「そ、そこは……ああンっ」

ついに夏希の唇から甘い声が溢れ出す。乳首への刺激が快感を生み出したのか、腰を微かによじりはじめた。

「ううッ、感じてきたんだね」

「わかんない……わかんないけど……はああンっ」

ペニスの動きに合わせて、彼女の平らな腹部が艶めかしく波打った。膣は太幹を求めるように、収縮と弛緩《しかん》をくり返した。

（うむッ……や、やばいぞ）

祐二の額には玉の汗がびっしり浮かんでいる。

スローペースのピストンでも、長くつづければ快感が蓄積していく。射精欲がふくらんでおり、思いきり放出したくてたまらなかった。

「いいよ……出しても」

夏希がポツリとつぶやいた。

「男の人って、出さないとダメなんでしょ」

「で、でも……」

「すごく苦しそうだよ。我慢しないで、わたしのなかに出して」

彼女の言葉が引き金となり、ますます射精欲がふくれあがる。腰の動きをほんの少し速くすると、ここまで我慢してきたせいか欲望の波が一気に押し寄せた。

「くうぅッ……な、なっちゃんっ」

これまで交わってきたどの女性よりも膣が締まっている。強烈な刺激に射精欲を煽られて、あっという間にザーメンが噴きあがった。

「ううぅッ、も、もうダメだっ、くおおおおおッ！」

たまらず膣の奥深くで欲望を爆発させる。快楽の呻き声を放ちながら、精液をドクドク注ぎこんだ。

「あンンンンッ」

夏希も顔をまっ赤にして色っぽい声を振りまいた。

とはいえ、はじめてのセックスで昇りつめることはない。それでも、女体は確実に反応して、ペニスをさらに食いしめた。

5

「まだ……できるでしょ？」

夏希が上目遣いに見つめてくる。まだ絶頂した直後だというのに、驚きの言葉をかけてきた。

「色事師は、すごい精力だって……」

どうやら噂を耳にしていたらしい。確かに、挿入したままのペニスは、まだ硬度を保っていた。

「できるけど、なっちゃんは……」

「少し気持ちよくなってきたから……もうちょっと、ゆうちゃんと……」

頬を赤らめて夏希が語りかけてくる。

最後のほうは快感を得ていたらしい。はじめてのセックスだが、最初に充分時間をかけて慣らし、さらにじっくりピストンしたのがよかったのだろう。意外なことに、彼女はもう少しつづけてみたいという。

「それじゃあ、苦しかったら、すぐに言うんだよ」

よく言い聞かせてから、女体をそっと抱き起こした。

ペニスは膣に収まったまま、湯船のなかで向かい合って立った状態だ。さらに彼女の左脚を持ちあげて、湯船の縁に足の裏を乗せる。これで左膝を九十度に曲げた格好になった。

「な、なにをするの？」

夏希が不安げに尋ねてくる。ふたりは腰を密着せており、しゃべれば息がかかる距離だった。

「これは立位っていうんだ。立ったまま、するんだよ」

説明しながら、さっそく腰を振りはじめる。しかし、この体位は腰を激しく振ることはできない。わずかな動きになってしまうが、処女を卒業したばかりの夏希にはちょうどよかった。

「あっ……あっ……」

夏希の唇からとまどった声が溢れ出す。

先ほどとは明らかに反応が違う。ザーメンをたっぷり放出したため、それが潤滑油の役割をはたしているのだろう。ペニスがヌルヌル滑るたび、膣壁が波打つように蠢いた。

「ああンっ、なんか……ああっ」

甘い声を漏らして、夏希が両手を祐二の腰に添えてくる。

ペニスを抜いていないので、膣はすっかり太さになじんでいる。愛蜜を垂れ流しながら、うれしそうに太幹を食いしめてきた。

「感じてるんだね。俺も、すごく気持ちいいよ」

腰の動きを少しずつ加速させる。足もとの湯がチャプチャプ揺れて、ますます気分が盛りあがった。

「ああっ……わたしのなか、ゆうちゃんでいっぱいになってる」

「な、なっちゃん……くううっ」

ピストンは緩やかで動きも小さいのに、なぜか強烈な快感が湧きあがってくる。夏希と見つめ合っているせいだろうか。ペニスが蕩けるような愉悦がひろがり、早くも射精欲がふくらみはじめた。やはり愛する女性とセックスしていることが大きいのだろう。

「こ、こんなに気持ちいいの、はじめてだ」

腰を密着させて、股間だけをクイクイしゃくりあげる。抽送は穏やかでも一体感は深まり、それが快楽を増幅させた。

「ううウッ、き、気持ちいいっ」

「あッ……あッ……わ、わたしも、なんかヘンな感じ」

夏希が瞳をトロンと潤ませる。愉悦が押し寄せているのか、彼女も無意識のうちに腰を振りはじめていた。

ふたりの動きが一致することで、快感はますます大きくなる。結合部分から聞こえる蜜音と、足もとで湯が弾ける音が重なった。遠くに絶頂の大波が現れて、轟音を響かせながら迫ってきた。

「おおおッ、も、もうっ、なっちゃんっ」

「ああッ、ゆうちゃん、あああッ」

立位で腰の動きを加速させる。夏希の喘ぎ声も大きくなり、股間をねちっこくしゃくりあげてきた。

「も、もうダメだっ、おおおおッ」

「あああッ、わ、わたしも、気持ちいいっ」

ふたりは夢中になって快楽を貪り、絶頂に向かって腰を振り合った。ペニスが膣壁を擦りあげれば、女壺が強烈に締めつけてくる。しかも、視線を交わして腰を振ることで、心までひとつに溶け合った。

「くうウッ、で、出るっ、おおおッ、ぬおおおおおおおおッ！」

鮮烈な快感が突き抜ける。射精がはじまると同時に、蜜壺はさらに太幹を絞りあげた。もう呻き声を振りまくことしかできず、祐二は彼女の腰を強く引き寄せて、ペニスを深く埋めこんだ。

「あああッ、い、いいいっ、あああッ、あぁあああああッ！」

夏希も女体を激しく震わせる。祐二の背中に爪を立てて、甘ったるい喘ぎ声を振りまいた。股間をぴったり押しつけてくる。深く埋まっているペニスに、濡れた膣襞がからみついた。

二度目の射精にもかかわらず、大量のザーメンが噴きあがった。強烈な愉悦がひろがり、頭のなかがまっ白になっていく。

比べるまでもなく、これまでで一番の快楽だ。夜這いで交わったなかには性戯に長《た》けた人妻もいたが、そんなことは関係ない。心が通い合っていることが、なにより大切なのだと実感した。

「東京に帰っちゃうんだよね」

夏希がぽつりとつぶやいた。

「うん……」

祐二は彼女の顔を見ることができず、夜空に瞬く星を見あげた。

ふたりは並んで露天風呂に浸かっている。寄り添って身体を密着させていると、心のつながりがさらに深くなる気がした。

「でも、ゴールデンウィークには帰ってくるよ。それに東京から電話やメールもするよ」

これからは、こまめに帰省することになるだろう。遠距離恋愛になるが、心がつながっていれば問題ない。

「なっちゃん……ずっといっしょにいてくれるよな」

肩に手をまわして語りかける。すると、夏希は瞳を潤ませながらうなずいた。

「うん。ずっといっしょだよ」

ふたりは見つめ合うと、どちらからともなく唇を重ねていった。

少しくらい距離が離れていても大丈夫だ。これだけ深くつながった気持ちが、そう簡単にほどけるはずがない。舌をからめて吸いあげれば、身も心もひとつに溶け合うような感覚に包まれた。

祐二の心と身体がほっこりと温かくなっていく。それが温泉のせいでないのは明らかだった。

（了）

※本作品はフィクションです。
作品内の人名、地名、団体名等は
実在のものとは関係ありません。

長編小説

たかぶり村《むら》の色事師《いろごとし》

葉月奏太《はづきそうた》

2021年1月25日　初版第一刷発行

ブックデザイン……………………　橋元浩明(sowhat.Inc.)

発行人……………………………………………後藤明信
発行所……………………………………株式会社竹書房
〒102-0072　東京都千代田区飯田橋２－７－３
電話　03-3264-1576（代表）
03-3234-6301（編集）
http://www.takeshobo.co.jp
印刷・製本………………………中央精版印刷株式会社

ISBN978-4-8019-2530-4　C0193